赤い部屋異聞

法月綸太郎

角川文庫
23654

JN110227

目次

赤い部屋異聞

「珍しい話とおっしゃるのですか、それではこんな話はいかがです」

ある夜ふけ、五、六人の者が、怖い話や、珍奇な話を、次々と語り合っていた時、一番年かさのKさんが最後にこんなふうに切り出した。本当にあったことか、Kさんの作り話なのか、その後たずねたこともないので、私にはわからないけれど、いろいろ不思議な話を聞かされたあとだったのと、ちょうどその日は夕刻から季節はずれの深い霧が出て、ボンヤリと烟《けぶ》ったほの白い空気が、一晩中ねっとりと肌身にまといつき、話す者も、聞く者も、なんとなく幻灯機のうつし絵めいたおぼろな心地になっていたからでもあったのか、その話は、異様に私の心をとらえたのである。Kさんの話というのは、

もう十年ほど前のことになるでしょうか、私は家業の暇を見つけては××坂にあるレストランに足しげく通っておりました。名前は仮にアカシヤ亭と申しておきましょうか。ハイカラな店構えのわりに、コックの腕はせいぜい並み程度、けっして何度も通いつめるような味ではありませんでしたが、私はひょんなことからアカシヤ亭の御主人と懇意になって、店の二階で催される秘密の集まりに顔を出す習慣になっていたのです。仲間内では「赤い部屋」の会と呼ばれておりまして、それというのも道楽者の御主人が、わ

ざわざその集まりのためだけに、二階の部屋の内装やら調度やら、何から何まで赤色でそろえてしまったからなのでした。

「赤い部屋」というのは、さしずめ浮き世離れした好奇心とスリルの象徴で、秘密の集まりといっても、コミンテルンだの左翼思想だのとは、縁もゆかりもありません。世の中の事柄に退屈しきった男たちが、少しでも人生の無聊《ぶりょう》をまぎらすため、Curiosity Hunting——俗に言う猟奇の徒となって、世に秘められた珍しい知識や、センセイショナルな体験などを手の届くかぎり追い求めるのが、このささやかな集まりの目的だったのです。

人数は折にふれて増減がありましたが、もともと人目をはばかる性質《たち》の会なので、多い時でも七人ぐらいだったと思います。一昔も前の出来事とはいえ、いろいろと差し障りがありますから、アカシヤ亭の御主人の他は、素性を伏せておくことにいたしましょう。日常に退屈しきった痴《し》れ者たちが、この世ならぬスリルと退廃を求めて、犯罪と探偵の遊戯ですとか、降霊術その他の心霊上のさまざまの実験ですとか、エロチックな映画や実演や、その他のセンシュアルな遊戯にふけってみたり、またつてを頼って、刑務所や、精神科の閉鎖病棟や、解剖学教室などの見学といった、普通ではなかなかお目にかかれない奇特な場所に出張し、「赤い部屋」での語らいに迫真の色を加えてみたりしたのです。

ところが、ある年の春、不慮の事故で身内を亡くしたのをきっかけに、私は激しい気鬱症に陥って、すっかり腑抜けのようになってしまいました。外を出歩く元気もなく、日がな一日部屋に引きこもって、酒浸りの毎日を過ごしたものの、あっという間に体を壊し、半年ばかり床から離れられなかったほどです。もちろん「赤い部屋」の会に足を運ぶことなど、できるわけがありません。あれほど奇特なスリルを求めていたくせに、自分の身内を失ったとたん、猟奇三昧に明け暮れていた日々があさましく、おぞましい思い出に成り果てて、かつての仲間たちと顔を合わせるのが耐えられなくなったのです。その時つくづく思い知ったのですが、退屈を持てあますことができるのは、人並みの活力にあふれた健康人の特権です。まして奇なる刺戟を求めるなど、生きる気力を失った病人には、とても手の届かない贅沢と言うほかありません。アカシヤ亭の御主人は、私の窮状を聞き知ってたびたび見舞いの手紙をくれましたが、一度も返事を出しませんでした。

それでも人間は罰当たりなもので、一度身についた趣味嗜好というものは、なかなかきれいさっぱりと洗い流せぬようです。身内の一周忌が過ぎて、だんだん陽気が暖かくなってまいりますと、体の具合もずいぶん上向いて、真っ暗だった心の裡《うち》にひょいと晴れ間が差すようになりました。いつまでも身内の死を嘆いていても埒が明かない、ふさぎ込んだ気持ちにけりをつけて、元の暮らしに戻らねばならんと、自分を叱咤激励するところまで立ち直ってきたのです。

そんなある日のことでした。医者に気晴らしを勧められ、その頃評判になっていた浅草の剣劇を見物に出かけたところ、芝居小屋の客席でアカシヤ亭の御主人とバッタリ鉢合わせしたのです。見舞いの手紙をほったらかしにしておりましたから、少々ばつの悪い思いをしましたが、久しぶりに会う御主人は、芝居見物ができるほど快復した私の姿を目にしたのがよほど嬉しかったようで、おたがいの近況をたずね合う間、ずっと晴れやかな笑みを浮かべていたものです。威勢のいいチャンバラに興奮した余韻も手伝って、私もすっかり気が大きくなり、いつの間にか昔の自分に返ったような心持ちになっていたのでしょう。ふとした気まぐれから、怖いもの見たさも半分、それとなく「赤い部屋」の会について話を向けますと、御主人がこんなことを言うのです。

「二階の集まりはずっと続けているのですがね、どうも近頃は皆の興味が薄れがちで、退屈の度合いも深まるばかり……あなたの抜けた穴がいかに大きかったか、会員一同痛感しているところでした。せめてその穴を埋めようと、今度の集まりにT氏という新人を招いたのですが、せっかくですから、あなたも久しぶりに顔を出してみませんか」

御主人の話では、T氏というのは前から目をつけていた新入会員候補で、何やら余人の思いも及ばぬ奇態な遊戯に手を染めているとか。私はずいぶん迷ったのですが、病み上がりの体とはいえ、ようやく生きる気力と世間への関心を取り戻しかけている時期だったので、今の自分には思いきった荒療治が必要なのだ、「赤い部屋」の集まりこそ、精神の完全快癒をもたらす特効薬になるにちがいないとカラ元気を出して、御主人の誘いを受けることにしました。あれほど忌避していたアカシヤ亭の二階へ、また足を運ぼうと心に決めたのは、そういう次第によるものです。

もう正確な日にちも覚えていませんが、季節は梅雨の中頃だったと思います。一年と数か月ぶりに訪れたアカシヤ亭は、壁に張り出された品書きから、給仕女の客あしらいに至るまで、以前とまったく変わっておりませんでした。

揚げ油の臭いが染みついた厨房の脇に、階上へ通じる急な階段があります。あちこちガタの来ている木製の階段で、傷んだ踏み板をギシギシ鳴らしながらきつい勾配を登っていくと、突き当たりのドアの向こうが十帖ばかりの洋室で……いや、実際の広さはもう一廻り小さかったかもしれません。

四囲の壁には、真紅の重々しい垂れ絹がかけられ、窓や入口のドアさえ残さずに、天井から床まで、豊かな襞《ひだ》で覆いつくされておりました。赤い絨毯を敷きつめた部屋の中ほどに、緋色のビロードで被《おお》われた大きな丸テーブルが置かれ、そのまわりをやはり緋色のビロードで張った深い肘掛け椅子が人数分、ぐるりと取り囲んでいるのです。約束の時間通りに到着したのですが、すでに六つの席が埋まっていて、私は最後の七人目でした。

丸テーブルの上に古風な彫刻をほどこした燭台を据え、そこに三挺の太いロウソクがさしてあるのも、以前目にしていたのと同じ光景です。肘掛け椅子に体を沈めると、ゆらゆらとかすかに揺れるロウソクの炎が、私も含めた七人のしかつめらしい男たちの影法師を、血のように赤い色をした垂れ絹の表に投げかけました。

私は固唾《かたず》を呑みながら、ロウソクをすかして、テーブルを囲む人々の赤黒く見える影の多い顔を、順番に見定めていきましたが、まるで示し合わせてでもいるように、誰も口を開こうとしません。きっとアカシヤ亭の御主人が、私のことを気づかって、そうするように言い含めていたのでしょう。かつて猟奇趣味を分かち合った退屈屋の仲間たちは、しばらくぶりに「赤い部屋」に現れた私のことを、特に懐かしがるでも珍しがるでもなく、お能の面みたいな無表情で、ただ黙って迎え入れたのです。

やがて、今晩の話し手と定められた新入会員のT氏が、腰かけたままで、じっとロウソクの火を見つめながら、自己紹介を始めました。「赤い部屋」の会では、新入会の者は必ず最初の晩に、会の趣旨に沿うような話をしなければなりません。ところが、彼の口ぶりはのっけから、新入会員とは思えぬほど挑戦的で、聴き手である私たちの趣味を見下しているようでした。いわく、以前から入会を勧められていたけれど、あなた方の感じている退屈など、物の数ではない。自分はそれと比べものにならぬほど、心の底から世の中に退屈しきって、ありふれた刺戟には飽き飽きしていたばかりでなく、ある世にもすばらしい遊戯を発見して、その楽しみに夢中になっていたというのです。

その遊戯というのは人殺し、正真正銘の殺人なのだ、とTは言いました。しかも、その遊戯を発見してから、九十九人の男や女や子供の命を、ただ退屈しのぎのためだけに奪ってきたと、ためらいもせず、豪語するのです。しかし、その時の心持ちを正直に申せば、彼の大げさな言いように、最初は鼻白む思いをせずにはいられませんでした。殺人淫楽症など、それこそ彼が見下している、ありふれた刺戟の最たるものではありませんか。

何を隠そう、「赤い部屋」の会では、長年にわたって、そうした殺人狂の告白と称する内外の文献を渉猟《しょうりょう》しておりましたし、先年、一家皆殺しの罪で死刑に処せられた某の裁判を傍聴したこともあります。むしろ、その手の犯罪実話には食傷していたほどですから、どうせ頭でこしらえた作りごとだろう、たとえ本当の体験談だとしても、針小棒大な懺悔話にちがいあるまいと、せいぜい高を括っていたのです。話し手のT自身、そのことは承知していたらしく、近頃はその血なまぐさい刺戟にも飽きて、阿片《あへん》の喫煙にふけり始めたなどと言い訳するので、よけいにその思いを深めましたが……はからずも、Tの身の上話というのは、こちらの想像とはだいぶ違っていたのです。

Tがその奇怪な遊戯に手を染めたきっかけは、ざっと三年ばかり以前のこと。深夜、酔いざましに、ブラブラと夜道を歩いていたところ、交通事故の負傷者を乗せた自動車の運転手に、近くの医者をたずねられ、右へ行けば上手な外科医院があるのを知りながら、うっかり左のほうの下手な内科兼業のヤブ医者を教え、手当てが遅れて、負傷者がついに死んでしまったそうです。彼が指図を間違えたのは、偶然の過失だったらしいのですが、もしそれが過失ではなく、殺人の故意から出たものだったとしたら、どうなるか。Tは死者とはまるきり無関係ですし、たとえ疑いをかけられたとしても、心の中の問題ですから、殺意を立証することなどできっこありません。

この自動車事件によって霊感を得たTは、少しも法律に触れる気づかいのない殺人法がいくらでもあることに気づいて、この上もなく愉快に思ったといいます。たしかに彼の言う通り、何の恨みもない見ず知らずの人間を、ただ死にそうな退屈をまぎらすためばかりに、殺そうとする男がいるなどと、いったい誰が想像するでしょう。シャーロック・ホームズにも見破れない、安全至極な殺人法を発見したTは、戦国時代の豪傑のように、百人斬りの誓いを立て、次から次へと人殺しを重ねていったそうです。たとえば、鉄道線路の踏切に差しかかった田舎の老女に、善意を装って「お婆さん危ないっ」と声をかけ、まごついた老女が立ち往生して、そのまま電車にひかれて死んでしまったとか、

あまのじゃくで強情者の盲人に、「もっと左に寄らなければ危ない。右には下水工事の深い穴がある」とどなりかけると、邪推した盲人が「そんなことを言って、またからかうのだろう」とわざと逆に右のほうへ寄り、下水工事の穴に落ちて一命を落としたとか、

通りすがりの幼い男の子をけしかけて、西洋館の屋根の避雷針から出ている針金の被膜のはがれた部分めがけて立ち小便をさせ、感電死するように仕向けたとか、

房州の辺鄙《へんぴ》な漁師町に友だちと避暑に出かけた折、集落からずっと隔たった場所にあ

る断崖へ連れ出して、一緒に「飛び込み」に興じるが、水面から一間ほど下に大きな岩があることを教えずに、自分だけうまく岩をかわし、勢いよく飛び込んだ友だちが、頭をぶつけて事故死したように見せかけるとか、

サーカスの見物人の中にまじって、突然、途方もない変てこな姿勢を示し、綱渡りの女芸人の注意を奪って、彼女を墜落死させたとか、

火事場で半狂乱になっている母親に、子供が家の中にいると暗示をかけて、猛火の中へ飛び込ませ、焼き殺してしまったとか、

身投げをしようかどうしようか迷っている娘の背中に「待った！」と頓狂な声をかけ、ハッとした拍子に水の中に飛び込ませてしまったとか、

――そういう尋常ならざる殺人法の数々を、Tはさも自慢げに披露したのです。

初めは眉に唾をつけていた私も、だんだんと彼の異様な語り口に引き込まれ、一語たりとも聞き逃すまいと、前のめりになって聞いていることに気づきました。阿片やつれのせいでしょうか、頬の肉がそげて骸骨みたいになった話し手の顎が、からくり仕掛けの人形みたいに、ガクガクと打ち合わされる様子から、目を離すことができないのです。私だけではありません。こうした奇談逸聞を聞き慣れているはずの「赤い部屋」の仲間たちも、上気した顔に目をギラギラと輝かせ、じっと息を殺して、ひたすらTの話に聞き入っているのがわかりました。

まるで百発百中のような話し方をしておりましたが、Tのもくろみ通りにいかなかっ

たことも、一再ならずあったでしょう。あるいは、たわいのない話に尾ひれをつけて、さも自分がいっさいを仕組んだように誇張した例も、あるかもしれません。それでも幾分血走って、白目がちにドロンとしたTの薄気味悪い眼を間近に見ておりますと、彼の話もあながち作りごととは決めつけられない、ふてぶてしいほどの真実らしさが含まれているような気がしたのです。

そうこうするうち、Tの身の上話は佳境に差しかかっていました。一度に多人数を殺す方法を思いつき、充分下調べをしたうえで実行に移したことを、大手柄のように打ち明けたのです。それは前年の春、中央線の列車が転覆して、多くの負傷者や死者を出した事故のことでした。Tは用意周到に長逗留の湯治客を装って、中央線のM駅近くの温泉宿に泊まり込み、あらかじめ目星をつけておいた沿線の崖の上から、カーブを描いた線路に向かって大きな石ころを蹴とばしたそうです。やりそこなえば何度でもやり直すつもりだったけれど、たった一度で、うまいぐあいに石がレールの上に載っかってくれたと、その光景が脳裡に焼きついて離れぬように、とびきり熱をこめて語っておりました。

半時間後に、下り列車がその地点を通過する。その時分にはもう真っ暗になっていて、運転手もカーブの先にある落石を見ることはできない。Tは半里の山道を三十分以上かけて引き返し、M駅の駅長室に駆け込んで、過失から崖下の線路に石を落としてしまったと申し出る。ところが、時すでに遅く、列車転覆死傷数知れずという報告が、わずかに危地を脱して駆けつけた、その下り列車の車掌によってもたらされたそうです。

　行きがかり上、ひと晩Mの警察署に引っぱられたが、それも入念な計算のうちで、厳しく叱られただけで処罰は免れた。そんなふうに、自分はたった一つの石ころによって、少しも罰せられることなしに、十七人の命を奪うことに成功したのだ……Tはあっけらかんとした口ぶりでそう付け加えると、自分自身の血なまぐさい身の上話にも、すっかり飽き飽きしてしまったような物憂い表情で、テーブルを囲む私たち聴き手の顔を見廻しました。そしてまた、いっそう邪気を感じさせない凄惨な口ぶりで、こう問いかけたのです。

「私は狂人なのでしょうか。あの殺人狂という恐ろしい病人なのでしょうか」

　ですが、彼の問いは耳を素通りしていきました。私はあまりにも極悪非道なTの所業に打ちのめされて、茫然自失、文字通り頭の中が真っ白になっていたのです。だから、そのあとに起こった影絵芝居のような茶番についても、実は定かな記憶がありません。あとから記憶をたぐり寄せ、その場で起こった出来事を再現してみると、それはおおよそ、次のような経緯であったでしょう。

　Tの話が終わるのを待っていたかのように、アカシヤ亭の美しい給仕女が飲み物を運ぶ銀盆を持って、「赤い部屋」に入ってきました。彼女はフワフワした俗っぽい空気をただよわせながら、私たちの間を立ち廻り、飲み物をくばり始めました。

すると突然、Tがポケットからピストルを取り出し、「そうら、撃つよ」と合図して、彼女に向けて発砲したのです。

パンという音と、給仕女の悲鳴を聞いて、私たちは一斉に立ち上がりました。ところが、撃たれたはずの女は何事もなく、ボンヤリたたずんでいるばかり。ふいに笑い出したTの右手に握られているのは、本物そっくりのおもちゃだったのでしょう。

給仕女は悔しそうに、Tの手から人騒がせなおもちゃを取り上げました。曲げた左腕にピストルの筒口を置き、生意気な恰好でTの胸に狙いをつけると、驚かされた仕返しだというように、迷わず引き金をひいたのです。

パン、と前よりいっそう鋭い銃声が鳴り響きました。

Tは気味の悪い唸り声を出しながら、椅子からヌッと立ち上がり、バッタリと床の上に倒れました。そして、手足をバタバタさせながら、苦悶し始めたのです。冗談にしてはあまりにも真に迫ったもだえようで、私たちは思わず彼のまわりへ走りよりました。仲間のひとりが、卓上の燭台を取ってTの上にさしかけると、彼は真っ青な顔を痙攣《けいれん》させ、ひきつけでも起こしたみたいに、夢中になってもがいています。だらしなくはだけた胸の傷口から、真っ赤な血が、白いワイシャツを伝って流れておりました。

「おもちゃではなかった。二発目には、実弾が装塡されていたんだ」

何が何やらサッパリわからず、ボンヤリと立ちつくしていた私の耳元に、そうささやく声がありました。アカシヤ亭の御主人の声だったと思います。

「最初からTの筋書き通りに運んでいたようだ。彼は九十九人まで、他人を殺してきたけれど、最後の百人目は自分のために残しておいたにちがいない。そして、その奇怪きわまる趣向に最もふさわしいこの『赤い部屋』を、死に場所に選んだということだろう。ピストルをおもちゃだと信じさせて、給仕女に発射させたのも、他の殺人と同様の、彼独特のやり方ではないか。私たち六人の証人がいる以上、彼女が罰せられる気づかいはないのだから。Tは彼が他人に対して行ったのと同じ、加害者が少しも罪に問われぬ方法を、自分の死に応用したのではあるまいか」

御主人がボソボソと呟いた推理は、乾いた砂地に水をまくように、私の脳髄に染み込んでいきました。恐ろしい沈黙に包まれながら、他の仲間たちもその考えにうなずいているようでした。うつぶした給仕女のすすり泣く声が、しめやかに聞こえるばかりで、私は自分の中にムクムクとわき起こったどうにも収まりのつかない感情を、どこへぶつけたらいいのか皆目わからず、見知らぬ土地で迷子にでもなったような気分で、「赤い部屋」のロウソクの光が揺れるのを、ただ見つめているほかありませんでした。

「クックックックッ」

突如として、異様な声が聞こえてきたのは、その時です。ぐったりと死人のように横たわっていたTの口から洩《も》れてくる声でした。その声はみるみる大きくなって、ハッと思うまもなく、瀕死のTの体がヒョロヒョロと立ち上がりました。

「皆さん。わかりましたか、これが」

彼はおかしさをこらえきれず、大声で笑い出しながら、そう叫んだのです。見ると、さっきまで泣き入っていたはずの給仕女まで、一緒になって立ち上がり、もうたまらないというように、体をくの字に折って、ケラケラと笑いころげているのでした。

やがてTは、あっけに取られた私たちの前に、小さな円筒形の品をさし出しながら、

「これは牛の膀胱《ぼうこう》で作った弾丸《たま》で、中に赤インキを入れ、命中すればそれが流れ出す仕掛けです。弾丸が偽物だったのと同じように、私の身の上話というものも、最初から最後まで、みんな作りごとなんですよ。でも、私はこれで、なかなかお芝居はうまいものでしょう……さて、退屈屋の皆さん、こんなことでは、皆さんが始終お求めなすっている、あの刺戟とやらにはなりませんでしょうかしら……」

種明かしをしている間に、階下のスイッチがひねられる算段がしてあったのでしょう。いきなり真昼のような電灯の光が、私たちの眼を眩惑させました。あまりのまぶしさに立ちくらみを起こして、私は平衡感覚を失いそうになり、思わず丸テーブルに手を突いて、グラグラする体を支えなければなりませんでした。ちょうど手を突いたあたりの卓上に、先ほど給仕女が飲み物を運んできた銀盆が置いてあり、そのピカピカに磨きぬかれた銀の表が、まばゆい電灯の光を反射して、鏡のように輝いていたのを覚えております。

百戦錬磨の聴き手に一杯食わして、Tはすっかり有頂天になっているようでした。「赤い部屋」にただよっていたあの夢幻的な空気を、白く明るい電気の光が一瞬で吹き

飛ばしてしまったことに、底知れない満足を覚えていたのでしょう。大役を演じきった役者みたいに、一同に向かって大げさな身ぶりで会釈してみせると、意気揚々とした足取りで、入口のほうへ歩き出しました……。

ところで、先程もちょっと申しましたが、アカシヤ亭の二階に通じる階段というのは、ずいぶん勾配がきつくて、あちこちにガタが来ていたのです。とりわけ上から三段目の踏み板が、だいぶ前からゆるんでおりまして、登っていく時は大丈夫なのですが、降りる時に体重のかけ方をあやまると、踏み板ごと前にずれ落ちて、足を踏みはずしてしまうおそれがありました。「赤い部屋」に集う面々は、もう何年も前から口々に、怪我人が出る前に修理してくれと、アカシヤ亭の御主人に頼んできたのですけれど、御主人は何だかんだと言い訳して、いつまでたってもその踏み板を直してくれない。私が一年と数か月ぶりに「赤い部屋」を訪れたその夜も、階段の不具合はそのまま放置されていたのです。

もちろん、私たち常連は言われずとも、その危険を熟知しておりますから、階段を降りる時は、転落事故を起こさぬよう、細心の注意を払っておりました。しかし新入会員のTは、階下のレストランに出入りしていただけで、二階に上がってきたのは、その夜が初めてです。しかも、階段を登る際に踏み板がずれることは滅多にないので、誰もいちいち警告などしませんから、初めて「赤い部屋」を訪れた人間は、同じ階段を降りる途中に不具合があると気づくことはないでしょう。

　真紅の垂れ絹をかき分け、入口のドアを開けっぱなしたまま、部屋から去っていくTの背中を、見るともなしに見送っていた私は、急にそのことを思い出しました。そして、ギシギシと階段を踏み鳴らす彼の足音が、ちょうど剣呑な三段目に差しかかった時、

「気をつけろ、その踏み板は危ないぞっ」

　と、割れんばかりの声で叫んだのです。

　垂れ絹の隙間から、階段のきしみ音が止まるのが聞こえました。つぎの瞬間、

「あっ」

　という間の抜けた悲鳴がしたかと思うと、ドダダダッと階段をころげ落ちるけたたましい音が、二階まで響きわたってきたのです。

　ハッと身をこわばらせた五人の仲間たちの眼が、一斉に私に集まったのはいうまでもありません。アカシヤ亭の御主人を先頭に、おそるおそる階段を降りていきますと、Tは妙な角度に首の折れ曲がった恰好で、上がり口の土間のところに、仰向けになって倒れています。口から蟹みたいに泡を吹き、びっくり仰天した表情で白目をむいておりました。すぐに医者を呼んで介抱しましたが、頭の打ちどころが悪かったらしく、それからまもなく息を引き取ってしまったのです。あの美しい給仕女が、彼の遺体に取りすがり、今度ばかりは本物の涙を流しているのを目の当たりにして、何ともいえない不思議な気持ちがしたことを覚えております。

きっと私の警告が、裏目に出たのでしょう。黙っていたら、Tは無事に階段を降りていたかもしれませんが、私の注意する声を聞いてハッと足を止め、後ろを振り返ろうとしたのだと思います。その拍子に三段目に不自然な力がかかり、元からゆるんでいた踏み板がずれ、足元のバランスを崩して、そのまま急な階段をころげ落ちたに相違ありません。

そのあと最寄りの派出所から巡査がやってきて、私たちも事情聴取を受けました。Tのワイシャツが赤インキで汚れていたせいで、あらぬ疑いをかけられそうになりましたが、アカシヤ亭の御主人がおもちゃのピストルを見せ、二階の部屋でちょっとした余興が演じられていたことを説明すると、巡査もそれ以上の追及はしませんでした。遺体を調べた医者が、阿片中毒の徴候を見逃さなかったおかげで、もともとTが異常に興奮しやすい病的症状を示していたことが明らかになり、ピストル狂言をなしとげた直後、一種の精神酩酊状態に陥って、足元がおぼつかなくなったのが事故の原因とされたからです。

何年も階段の修理を怠っていたことで、アカシヤ亭の御主人は注意を受けたようですが、それ以上のお咎《とが》めはありませんでした。あとから聞いた話ですと、何某《なにがし》かの礼金を巡査に握らせたとか……御主人はもちろん、その場にいた仲間たちも、Tが転落する直前、私が致命的な警告を発したことを黙っていてくれました。そのことには感謝しておりますが、その夜を最後に、私は二度と「赤い部屋」を訪れることはありませんでした。

Kさんはひと息入れると、おもむろに燐寸《マッチ》を擦って、紙巻きタバコに火をつけた。Kさんが白い烟《けむり》を吐き出すと、その烟は室内にわだかまった湿っぽい夜霧と入り交じって、いっそうボンヤリとしてつかみどころのない、夢幻的な雰囲気を募らせていたのである。

Kさんの話に、まだ語られていない重大な秘密があると感じていたのは、私だけではなかった。その場に居合わせた者たちは、ウーンと唸って腕を組んだり、小首をかしげたりしながら、おたがいに目くばせをして、内心の疑念を伝え合っていたが、やがて、Kさんがタバコを吸い終えるのを見はからって、一座の中のひとりがこう問うた。

「その集まりに誘われた前の年の春に、不慮の事故でお身内を亡くされたそうですが、その事故というのは、ひょっとして……」

Kさんは靄《もや》のかかったようなおぼろな眼つきになって、ほの白い烟がたゆとう先を追いながら、タバコ喫《の》み特有のいがらっぽい声で、

「お察しの通りです。中央線の列車の脱線転覆事故で命を落とした十七人の中に、当時身重だった私の妻も含まれていました。私はその日初めて会った見ず知らずのTを、不慮の事故に見せかけて殺し、妻子の復讐を果たしたのです」

あの列車事故が起こった日、妻はたまたま里の両親に会う用事があって、向こうに一泊する予定で出かけたのです。まだお腹が目立つほどではありませんでしたが、身重の体ですから、用心のため気の利く女中をお供につけて、私も駅まで見送りにいきました。

妻の里はHという村で、M駅のひとつ先が最寄り駅になります。事故の知らせを聞き、私は急いで現地に駆けつけました。鉄道事故の現場というのは、それはもう目を覆わんばかりのむごたらしい地獄絵図で、「赤い部屋」の集まりで見聞きした数多《あまた》の怪異や恐怖譚も、これに比べれば児戯に類すると感じたほどです。お供の女中は足を骨折しただけで、命に別状はありませんでしたが、妻は不運にも座席に押しつぶされ、お腹の子供と一緒に帰らぬ人となってしまいました。

最愛の妻と生まれるはずだったわが子をいっぺんに失って、私が激しい気鬱症に陥り、体を壊して半年ばかり寝込んだことは、すでに申し上げた通りです。どうにか気持ちの整理をつけ、以前の生活に戻ろうとした矢先に、荒療治をもくろんだ「赤い部屋」の会で、Tの恐るべき身の上話を聞かされたのは、まさに奇縁としか言いようがありません。中央線は日頃から事故の多い線ですが、あの年に十七人もの死者を出した列車事故といえば、それより他になかったのです。だから目の前にいたTこそ、私の妻と子供を殺した唯一の真犯人であり、にもかかわらず、罪を免れた極悪人であることに、いささかも疑いの余地はありませんでした。復讐を果たすべき相手が目の前にいると、いきなり思い知らされたのですから、茫然自失、頭の中が真っ白になるのは当然でしょう。

だとしても、Tはピストル狂言のあと、自分の身の上話は、みんな作りごとだとうそぶいたのではないか……話をお聞きの皆さんは、そのように反論されるでしょう。しかし、私はその言葉を信じませんでした。いや、彼の語った殺人遊戯の大半は、頭の中でこしらえた作りごとだったかもしれません。たしかに、ひとつひとつの手口を仔細に検討すれば、あまりにも空想的で、わざとらしく、実際にそう都合よくことが運ぶとは思えない、どれもこれも裏付けのない話ばかりです。ところが、中央線の列車事故だけは、まぎれもない現実の出来事で、しかも他の手口に比べて、やけに真に迫った細かい説明がある。

そこで私は、こう考えたのです。前の年の春、Tは偶然の過失によって、大きな列車事故を引き起こし、十七人もの人間を死なせてしまった。幸か不幸か、彼はその罪を問われることなく、永久に消えない罪悪感を抱いたまま、日常的な生活を送らざるをえなくなったのでしょう。その罪悪感の重みに耐えられなくなったTは、少しも罪に問われない殺人遊戯という病的な妄想を編み出して、精神の均衡を保とうとした。退屈しのぎの殺人淫楽症、という荒唐無稽な作りごとをもてあそぶことによって、十七人の命を奪った事実を忘れようとしたのではないでしょうか。

皆さんはきっと、「木の枝を隠すなら森の中に。森がなければ作ればよい」というたとえ話をご存じだと思います。そのたとえ通り、Tは自分の心の中に、殺人遊戯という森をこしらえて、列車事故の責任を隠そうと努めたにちがいない。ですが、そのような小細工で、いつまでも自分を欺くことはできません。彼は阿片にふけることで、良心の呵責《かしゃく》から逃れようとしたけれど、その効果も長続きしなかった。だからこそTは、「赤い部屋」の集まりに参加して、芝居じみた作りごとの森をこしらえながら、たったひとつの真実を秘めた懺悔話を打ち明けようとしたのではないでしょうか。

私は今、いかにも筋道立った思考をへて、かような結論に至ったかのように話しておりますが、これはあくまでも、自分の突発的な行動に、納得のできる説明をつけるため、あとから考えを整理したものにすぎません。あの夜、「赤い部屋」をあとにしたTが、危険な三段目の踏み板に足をかける刹那《せつな》、

「気をつけろ、その踏み板は危ないぞっ」

と叫んだのは、無意識的な反応に突き動かされたもので、けっして深く考えた結果ではありませんでした。Tを殺そうと決意した一番のきっかけは、あの給仕女が持ち込んだ銀盆だったのです。

真昼のような電灯の光によろめいて、卓上の銀盆をのぞき込んだ時、ピカピカに磨きぬかれた鏡のような表面に、私自身の顔が映っていました。病み上がりで頬のこけた私の顔は、阿片やつれで骸骨のようになったTの顔そっくりに見えたのです。たまたま光の加減で、そう錯覚しただけかもしれませんが、自分とTが奇縁で結び合わされた分身同士のように思えたために、私はTを、Tと同じやり方で殺そうと決意したのです。

ですが、いま振り返って考えると、私の心の裡に突如として生じた殺意は、実はTの手のこんだ自殺の道具にすぎなかったのではないでしょうか。給仕女と示し合わせたピストル狂言の筋書きも、嘘とまことの境目をあやふやにして、善悪の判断を狂わせるための心理誘導術であって、Tはその奇怪きわまる自殺に最もふさわしい「赤い部屋」を、私という正当な復讐者による裁きの場として選んだのではないか、と思わずにはいられないのです。

と申しますのも、もしTが自分自身の死を、彼独特のやり方で完遂しようとしたのであれば、その加害者は彼の病的な妄想と同様に、明確な殺意を持っていなければならない。給仕女の芝居のごとき、殺意のない戯れでは、Tの歪んだ精神は満たされなかったでしょう。だとすれば、Tは私が鉄道事故の被害者の遺族であることを知ったうえで、あの恐ろしい身の上話を私に聞かせ、それと同時に、けっして罪に問われることなしに復讐を遂げる方法をも、暗示していたのではないでしょうか。

盲人を下水工事の穴に落とすとか、サーカスの綱渡り芸人を墜落させるとか、友人を断崖から飛び込ませるとか、身投げ志願の娘を驚かせるとか、彼が披露した殺人の手口は、転落死を誘うものばかりでした。踏切で老女に声をかけ、立ち往生させる手口にしても、同工異曲の感があります。おそらくTは、アカシヤ亭の階段の危険な踏み板のことを、あらかじめ情を通じていた給仕女から聞いており、それが自分を殺させる筋書きに最適だと判断したのでしょう。「赤い部屋」を出ていく時、入口のドアを開けっぱなしていったのも、階段を降りる足音が、私の耳に届くように計算していたからだと思います。

ずいぶん長くなりました。私の話もこれでほとんど終わりなのですが、あとひとつ、後日談めいたことを語らせてください。いや、後日談というより、あとから私の脳裡にヒョイと浮かんだ、ちっぽけな疑念にすぎないのですが。

あれはTが自ら望んだ結末だったのだ。「赤い部屋」に二度と寄りつかなくなってからも、私はそのように自分に言い聞かせ、彼の素性や、本当に中央線の列車事故に関与していたのか、といった事実を突き止めようとはしませんでした。もちろん、Tが自殺したという説明は、ほぼ正しいように思われたのですが、たったひとつだけ、どうしても腑に落ちないことがあったのです。

それは、Tの断末魔の表情でした。もし私の想像通りなら、階段から転落した彼の死に顔は、自分の筋書き通りにことが運んだのを自賛して、満足しきった笑みを浮かべていたでしょう。ところが、遺体の顔には、文字通り足をすくわれたような、びっくり仰天した表情が張りついていたのです。そういえば、階段を踏みはずした時の「あっ」という悲鳴も、ずいぶん間の抜けた声で、自分でこしらえた筋書き通りに死んだ男の口から出たようには、とうてい思えません。

ひょっとすると、Tは自分の死を予期していなかったのではないか。一度そのような疑念が生じると、あの夜「赤い部屋」で起こった出来事のすべてが、別の意味を隠し持っているように思われてきます。やがて、私は今まで見過ごしていた、もうひとつの可能性に思い当たりました。自分が筋書き通りに動かされていた、という点では同じですが、もしその筋書きを書いたのがTではなく、「赤い部屋」の会の私以外の五人の仲間たちだったとすれば、どうなるでしょう。

以前、アカシヤ亭に足しげく通っていた頃、「赤い部屋」の仲間たちと、こんな話をしたことがあります。善良な一市民の心に明確な殺意が生じ、実際の犯行に至るまでの一挙一動を、間近からあまさず観察することはできないだろうか。それも、カッとなって刃傷《にんじょう》沙汰を起こすような愚劣な犯行ではなく、思慮深い人物がやむにやまれぬ動機に迫られて、越えてはならない一線を越える瞬間を、この目で見てみたい、と。

その時はそれ以上議論が深まることもなく、私もすっかり失念していたのですが、自分が「赤い部屋」から遠ざかっていた一年と数か月の間に、その話が蒸し返されていたとしても、不思議ではありません。もしそうなら、退屈の度合いを深めたかつての仲間たちが、犯罪心理学の実験材料として、この私に白羽の矢を立ててもおかしくはない。そもそも、浅草の芝居小屋で、アカシヤ亭の御主人と再会してからまもなく、Tのような異様な経歴の持ち主が、「赤い部屋」の新入会員と称して、列車事故の被害者の遺族である私の目の前に現れるというのは、偶然にしてもできすぎではないでしょうか。

あのピストル狂言の真っ最中、アカシヤ亭の御主人が私にささやいた言葉が、今でも耳を離れません。

「彼は九十九人まで、他人を殺してきたけれど、最後の百人目は自分のために残しておいたにちがいない。そして、その奇怪きわまる趣向に最もふさわしいこの『赤い部屋』を、死に場所に選んだということだろう……Tは彼が他人に対して行ったのと同じ、加害者が少しも罪に問われぬ方法を、自分の死に応用したのではあるまいか」

御主人があんなことを言わなければ、心の裡にTへの殺意が生じることはなかったと、私は自信を持って断言することはできません。しかし、御主人の言葉が私の背中を押したのもまた、まぎれもない事実なのです。

Tは列車事故を引き起こした張本人どころか、アカシヤ亭の御主人に雇われた、食えない役者か何かだったのかもしれません。だとすると、あの極悪非道な身の上話も、すべて御主人がこしらえた作りごとで、Tはからくり仕掛けの人形のように、ただ操られていただけの哀れな被害者だったということになります。

皆さんは覚えておいでてでしょうか、Tがころげ落ちる音を聞いた直後、ハッと身をこわばらせた五人の仲間たちの視線が、一斉に私に集まったと申しました。しかし、いま思い返すと、彼らはそれより前から息を詰めて、じっと私のことを観察していたような気がするのです。Tが種明かしをしている間、「赤い部屋」の電灯がつくように仕向けたのも、彼らのしわざだったのでは……退屈屋の彼らにとって、「赤い部屋」のか細いロウソクの光などでは、刺戟が足りなかったのかもしれません。

ああ、きっとそうなのでしょう。ひとりの男が越えてはならない一線を越え、まぎれもない殺人者となる瞬間。その赤裸な相貌をしっかりと目に焼きつけておくには、真昼のような電灯の明るい光が最もふさわしかったのです。

細断されたあとがき◉1

　この小説は「小説　野性時代」二〇一五年九月号の「保存版　いま甦る江戸川乱歩」特集に「オマージュ短篇」として書いたものである。没後半世紀を記念した特集で、芦辺拓氏の「明智小五郎、獄門島へ行く（前篇）」、歌野晶午氏の『お勢登場』を読んだ男」と同時掲載された。

　タイトルからわかる通り、乱歩の「赤い部屋」をアレンジしたカバー・バージョンで、イントロは「鏡地獄」のサンプリングになっている。「赤い部屋」でも入れ子式の語りが採用されているが、導入部でアングルを変えたのは「原作と異なる語り手から聞いた話」であることを示すためだ。もっとも「異聞」というのは本来、「めったに聞かない珍しい話」を指す言葉なので、こういう用法は作中年代にそぐわないかもしれない。

　私は乱歩の短編ではわりとすっきりした作風が好みで、明智小五郎物なら「心理試験」「何者」、それ以外だとこの「赤い部屋」が上位に来る。とりわけ「赤い部屋」は、「プロバビリティーの犯罪」というテーマと乱歩のブラック・ユーモアがうまく嚙み合って、臨場感のある好編に仕上がっていると思う。

「プロバビリティーの犯罪」とは、成功する確率が低い分、疑われる心配がなく、たとえ失敗しても目的を達するまで、何度でも似たような手段をくり返すことができる狡猾《こうかつ》な殺人方法のことをいう。谷崎潤一郎の「途上」を読んで感銘を受け、自らも「赤い部屋」を書いた乱歩による命名だが、「赤い部屋」では「類別トリック集成」的な志向が見られると同時に、被害者への「誘導」の比重が増しているところが興味深い。

この「異聞」も半分ぐらいは「赤い部屋」のダイジェストで、「オマージュ短篇」という企画でなければ、こういう書き方はできなかっただろう。もちろん、本編の眼目は原作の「あれは皆嘘だったという、どんでん返し」(江戸川乱歩「楽屋噺」)を逆手に取った後日談にある。ラストの落ちはややくどいかもしれないが、夢幻的な空気を一掃する「真昼のような電灯の光」の味気ないイメージをひっくり返そうと試みたものだ。

(ここで一言。こういうあとがきは巻末にまとめるのが普通だが、今回は「オマージュ連作」という変わったコンセプトによる本なので、作品の成立事情についてきちんと記しておかないと、読者の誤解を招く恐れがある。「細断されたあとがき」と称して一編ずつ、元ネタになった作品を挙げていくのはそれを避けるためだ。各編を読み終えるたびにいちいち作者がしゃしゃり出て、したり顔で舞台裏を明かしていくのは、読者にとっては興ざめかもしれないが、本書に限っては大目に見ていただきたい)

砂時計の伝言

1　UPSIDE

頭の芯が偏《かたよ》ってぐるんぐるん回る。目隠ししたまま、遊園地のティーカップに乗っているみたいに。ふいに胸苦しさが去って、根岸《ねぎし》の体はふわっと軽くなった。深みから水面に浮かび上がるような感じがして、おもむろにまぶたを開けると――

床に転がっている自分が見えた。

棺桶みたいな、窮屈で細長い部屋だった。頭のてっぺんを奥に向け、横ざまに突っ伏した体勢で倒れている。髪が乱れ、目は両方とも閉じていた。自分の寝顔なんて気にしたこともなかったが、それでもすぐに自分だとわかった。

床に転がっている方の根岸はワイシャツにネクタイ姿で、濃紺のスラックスから突き出た足には、営業マン御用達のリーガルのビジネス靴。上から見ると「片」という字に似たポーズで、溺れかけたまま固まってしまった人みたいだ。

ワイシャツの右肩に、赤い飛沫《ひまつ》の跡がついている。曲げた膝の先には、ミニソテツの鉢植えが横倒しになっていた。直径十五センチほどの陶器の鉢で、葉っぱの形に見覚えがある。エレベーターホールのフラワースタンドに置いてあるのと、そっくりじゃないか。

そこまで観察してから、これが体外離脱というやつか、と気がついた。

どうやら
俺は
死にかけているみたいだな。

宙に浮かんだ根岸の意識は、まるで他人事《ひとごと》のようにそう考えた。恐れや不安はなく、やけに平板で寒々とした感覚があるばかりだ。

部屋の灯りは消えていた。なのに真っ暗でないのは、背後からぼんやりとした光が射しこんでいるせいだろう。ぐるりと向きを変えると、後ろは閉じたドアだった。上半分が四角い切窓になっていて、そこから光が入ってくる。ほんのり暖かくて、柔らかい毛布に触れているようなくつろぎに満ちた光。

根岸は吸い寄せられるように、光の方へ近づいた。近づけば近づくほど、光は金色の輝きを増し、暖かく包みこまれる感覚が高まっていく。自分の輪郭がゆっくりとぼやけ、グラデーションで光の中へ溶け出していくような感じだった。

われを忘れそうになった時、どこからかぺんぺん草という声が聞こえた。

「――ぺんぺん草だって？」

「なずなって名前だからだろ」と同期の三浦《みうら》が言った。「葉っぱみたいなやつの形が三味線のばちに似てるから、ぺんぺん草っていうらしいな」

なずな。

アブラナ科の野草で、春の七草のひとつだ。

セリ・ナズナ・ゴギョウ・ハコベラ・ホトケノザ・スズナ・スズシロ……。

いや、そうじゃない。

あの女の名前だ。

金色の光に呑みこまれる寸前、根岸はかろうじてこちら側に踏みとどまった。思い残したことがあるのに、成仏するわけにはいかない。

池戸《いけど》なずなだ——俺をあんなふうにしたのは。


早帰りデーの水曜だったが、根岸は八時を過ぎても会社に居残っていた。明日提出の見積書の数字を削るのに手こずって、なかなか帰るふんぎりがつかない。

根岸だけではなかった。営業部のオフィスには、まだ帰りそびれている同僚の姿がちらほらあって、毎週恒例の不毛なチキンレースみたいになっている。

ふと尿意を催して、根岸はデスクを離れた。石膏ボードのパネルで仕切られた部屋を出て、しんとした廊下を歩いていく。営業部以外では、早帰りデーの通達がきちんと守られているようだ。フロアの反対側にあるトイレに着くまで、誰にも会わなかった。

どうも最近、頻尿ぎみだ。カフェインを控えた方がいいかもしれないな。そんなことを考えながら用を足し、男子トイレを後にする。

廊下を戻りかけた時、給湯室から出てきた女と目が合った。

あ、とさまにならない声が洩《も》れ、根岸はその場に固まった——目が合った瞬間、女の顔が引きつって、歯ぎしりしたように見えたからだ。

とっさに廊下の壁へ視線をそらし、何も見なかったふうに装ったけれど、向こうが真に受けたとも思えない。わざとらしすぎて、よけいに気まずい感じが募っただけだ。それでもこの場は、見て見ぬふりで通すしかない。

首をねじった格好のまま、根岸がコスト削減を訴える壁のポスターに目をこらしていると、女は黙って姿を消した。

ふうっとため息をついて、肩の力を抜く。胸のざわつきが治まらないのは、目が合った瞬間の女の表情が気になって、仕方がないせいだった。

総務部の池戸なずな、といったっけ。

育児休業中の社員の穴埋めか何かで、半年前から勤めている非正規の契約社員だ。同じ会社の同じフロアで働いているが、部署がちがうので、顔と名前ぐらいしか知らない。フルネームで覚えているのは、いじめの噂を聞いていたからだ。心ない同僚が彼女をぺんぺん草呼ばわりしていることは、営業部員の間でも話題になっていた。

「ぺんぺん草だって？」

根岸が首をかしげると、同期の三浦が訳知り顔で教えてくれた。

「なずなって名前だからだろ。葉っぱみたいなやつの形が三味線のばちに似てるから、ぺんぺん草っていうらしいな」

「ひどい言われようだな」

根岸は眉をひそめたが、それ以上、池戸なずなをかばってやる気もなかった。ぺんぺん草と陰口を叩かれるぐらいだから、きっと見た目より打たれ強いのだろう。

詳しい事情は知らないが、最初からマイペースな言動が目立って、職場の空気になじめなかったという。

もともと契約社員は低く見られがちなうえに、女性社員どうしのマウンティングは熾《し》烈《れつ》をきわめる。一度孤立すれば、あとはひたすら消耗戦が続くだけだ。もうじき三十になる根岸の妹も非正規のアルバイトで食いつないでいるので、そういう例が珍しくないのは知っている。

池戸なずなもその例外ではなかった。部内での陰湿ないじめがエスカレートして、業務にまで支障をきたすようになり、本人も雇用契約の更新を望まなかったことから、今週いっぱいで退職することが決まっているそうだ。

あまり同情する気になれないのは、根岸がコミュニケーション至上主義の営業部の流儀に染まっているからかもしれない。池戸なずなとは数えるほどしか口をきいたことがなかったが、面と向かって話をしても、最初から最後まで会話のリズムが合わず、じめっとした陰気なまなざしをちらつかせるばかりで、何を考えているのかさっぱりわからない。受け口というのか、いつも下唇を突き出しているような顔つきで、人によっては見下されていると感じてもおかしくないだろう。

今夜だってそうだ。ちょっと目が合ったぐらいで、あんなふうににらみつけられる筋合いはない。だが、問題はそういうことではなかった。

視線をそらす前、ちらっと女の手が目に入ったのを覚えている。

時節がら寒いわけでもないのに、池戸なずなは手袋をしていた――

どうも気に食わない。念のため、根岸は給湯室をのぞいてみることにした。

給湯室のドアはスライド式で、上半分が四角いガラスの切窓になっている。サボり防止のためらしいが、百戦錬磨の女性社員たちは廊下から見えないよう、床に座ってお茶会をしているそうだ。

ガラスの向こうは暗い。取っ手を横に引くと、ドアは音もなく開いた。壁のスイッチを手探りして、給湯室の灯りをつける。

室内は無人だった。四平米ほどの間取りの向かって右に、白で統一したシステムキッチン。フロアが火気厳禁なので、昔ながらのガス給湯器はお呼びでなく、お湯を沸かすのも電気ポットだ。左手の壁は冷蔵庫と食器戸棚でほぼふさがれ、その奥に蓋付きのゴミ箱が置いてある。

間のスペースは、ドア一枚分ぐらいの幅しかなくて、動くたびに肩がつかえそうな感じがした。ふっと化粧水のにおいを嗅いだような気がしたけれど、それが池戸なずなの残り香だと言いきる自信はない。

キッチン台に、来客用のティーセット一式と砂時計が放置されていた。使用済みの茶器を洗ったきり、食器戸棚に片づけるのを忘れてしまったのだろう。カップやスプーンはすっかり乾いているので、池戸なずなが洗った直後とは考えにくいが、かといって、ほかに何か目立った異状があるようにも思えない。

ただの取り越し苦労だったか。かぶりを振って自分をたしなめながら、それでも一応ゴミ箱の中だけでも確認しておこうと、部屋の奥に進もうとした時――

いきなり背後から殴りかかられた。

後頭部に鈍い一撃を食らって、目から火が出る。踏み出した足ががくんとなって、膝をついた。振り返る間もなく、第二撃。

両手で頭をかばう前に、三度目が来た。

何がなんだかわからないまま、体が前のめりに崩れる。伸ばした腕が宙を掻き、半身になった状態で、左のこめかみを床にぶつけた。力まかせに銅鑼《どら》を叩き鳴らすような激しい振動が、頭蓋骨の中を駆けめぐる。

意識が途切れる寸前、陶器の鉢を持った女の顔が見えた。

池戸なずなの顔だった……。

やっぱり

俺の取り越し苦労なんかじゃなかった。

死にかけている自分の体を見下ろしながら、根岸はわが身に起こったことを振り返り、未練というカーテンを引いて金色の光をさえぎった。

池戸なずなはこの給湯室で何かしていた。人に見られてはまずいような何かを。いたずらや悪ふざけの域を超えた、犯罪めいた行為かも……。手袋をしていたのは、たぶんそのせいだ。指紋が残らないように、気を配っていたのだ。

職場いじめの復讐だろうか。きっとそうにちがいない。食器戸棚のお茶っ葉のストックに、毒でも混ぜたんじゃないか。自分をいじめた同僚と、見て見ぬふりをした周りの連中に思い知らせてやるために。

時限爆弾みたいなものだ。池戸なずなは今週いっぱいでこの職場を去る。早帰りデーの今夜は、人目に触れずに給湯室に忍びこめる最後のチャンスだ。実際に毒入りのお茶が供されるのは、彼女が退職してしばらくたってからだろう。疑うやつもいるだろうが、ある程度の時間が経過すれば、証拠は残らないはずだった。

——俺と出くわさなければ。

畜生、なんて間が悪いんだ。

頻尿のせいで、ろくなことがない。根岸は自分の不運を呪った。職場のいじめに加担したわけでもないのに、たまたま目が合っただけで、何の罪もないこの俺をあんなに容赦なく殴りつけるなんて。

ミニソテツの鉢植えを見ると、あらためて痛打《つうだ》の記憶がよみがえる。池戸なずなは両手で鉢を持ち、がら空きの背後から力いっぱい振り下ろしたにちがいない。第二、第三撃の迷いのなさから見ても、根岸を殺すつもりだったのは明らかだ。目撃者の口を封じるためだろうが、あまりにも短絡的で身勝手にすぎる。

だんだん腹が立ってきた。

仮にこのまま命を落とすとしても、池戸なずなにはそれ相応の報いがあってしかるべきだ。そうでなければ、単なる犬死にである。この手で犯人を警察に突き出してやらない限り、成仏するどころか、死んでも死にきれない。

だが、どうすればいいんだ？

体外離脱とか臨死体験というのは、瀕死状態の脳が見せる幻覚の一種だと、何かの本で読んだことがある。こんなふうに自分の体を見下ろしているのも、意識を失う直前にストックした外界の情報を脳が３Ｄで再構成しているらしい。だとすれば、いま自分が見ている光景は、犯行現場のスナップショットにほかならないということだ。

根岸は宙に浮いた視点を天井まで引っぱり上げ、給湯室の全体を視野に収めた。四平米ほどの間取りの向かって右に、白で統一したシステムキッチン。左手の壁は冷蔵庫と食器戸棚でほぼふさがれ、その奥に蓋付きのゴミ箱が置いてある。

キッチン台に、来客用のティーセット一式と砂時計が放置されていた。

ティーセット一式と砂時計。

砂時計。

浮遊する思考の中で、ある考えがひらめいた。

急がないと——根岸は急降下して、自分の顔に近づいた。

起きろ、目を覚ませ、起きろ！

血の気の引いた顔は微動だにしない。根岸は右耳の方へ移動して、精一杯の大声で怒鳴りつけた。起きろ。起きて目を開けろ！

耳の中に入りこんで、鼓膜を突き抜け、聴神経を経由して、脳に到達する。

目を開けろ、
俺。
目を開けるんだ！

がんがん耳鳴りがして、根岸はぱっと目を開けた。

頭の芯が偏ってぐるんぐるん回る。遠心力が手足の先まで及んだみたいに、全身が重くなった。ゼイゼイと息をしながら頭を起こす。ゾンビになったような気分だった。

何かが焦げる臭いがした。助けを呼ぼうにも声が出ない。視界が妙に狭く、左目がほとんど見えなくなっているのに気づいた。給湯室のドアは閉まっていたが、ガラスの切窓から廊下の照明が射してくる。そのぼんやりした光を、湾曲したガラスが反射していた。

砂時計だ。

右目の焦点が急に合い、またすぐに結んだ像がぼやける。一瞬、視界の上下が逆転したように感じて、自分がどんな姿勢をしているのかわからなくなった。

根岸は体を動かそうとしたけれど、思うように動かない。体の左半分がしびれて言うことを聞かなくなっていた。強く締めつけられるような頭の痛みと関係がありそうだ。焦げくさい臭いも気のせいで、実在しないのではないかと思った。

右手を床に突いてどうにか上体を起こし、食器戸棚に背中を預けてずるずると押し上げる。かろうじて見える右目で、キッチン台の砂時計を見上げた。

高さ十センチ足らず、赤い砂の入った三分計だ。真ん中が細くくびれたガラスの本体の上下に木の台がついて、飾り彫りをした四本の柱に囲まれる形になっている。

ぎくしゃくと右腕を伸ばしたが、五十センチぐらい距離があって届かない。

ふっと意識が遠のいた……。

頭がガクッとなって、われに返る。右手の先がミニソテツの葉っぱに触れた。陶器の鉢を持った女の顔と、池戸なずなという名前が頭をよぎる。

見えない方の目の奥で、火花が散るような感じがした。

あれだ、あの砂時計が池戸なずなだ。この手で犯人を警察に突き出してやらなければ。かぶりを振って気を取り直し、自由の利く右足をシステムキッチンの下部に突っ張った。右手を床に突き、右の尻に重心をかけて円を描くようにじわじわと体をずらしていく。しっかりしろと自分に言い聞かせようとして、舌がもつれるのを自覚した。

もう長くない。

どうにか砂時計に手が届く位置まで移動すると、右手をキッチン台に伸ばした。目がおかしくなっているせいか、目測がおぼつかない。かろうじて動く右手もぶるぶる震えて、いつまで保ってくれるかわからない。

砂時計の柱部分を親指と人さし指でつまんだ。台の端にあってくれて助かった。誰だか知らないが、そこに置いてくれたお茶当番に礼を言いたい。柱の飾り彫りがギザギザしているおかげで、つまみ損ねることはない。

根岸は細心の注意を払って、砂時計をひっくり返した。

こわばった指をそっと離す。

これでいい。「すなどけい」をひっくり返して、逆さに読めば「いけどなす」。目端の利く人間が見れば、池戸なずなのことだと察しがつくだろう。

さらさらと落ちていく赤い砂を見ながら、根岸は大きく息を吐いた。

それでいっぺんに体の力が抜ける。

そのまま床に横たわって、目を閉じた。

さらさらと落ちていく赤い砂のイメージが、脳裏を占めた。

さらさらと落ちていく赤い砂――


駄目じゃないか！

土壇場になって、根岸は自分の過ちに気づいた。

俺はバカか。砂時計をひっくり返しても、中の砂が全部下に落ちきってしまったら、ひっくり返す前と同じだ。時間がたってしまえば、ただの砂時計にすぎない。

せっかくの苦労が水の泡だ。

じゃあ、どうすればいい？　時間の経過と無関係に、砂時計をひっくり返したことがわかる方法はないのか？

――だが、もう手遅れだった。

根岸の意識は黒く塗りつぶされて、果てしない闇の底へ沈んでいった。

2　DOWNSIDE

根岸が入院している病室に、給湯室での事件を担当した刑事が訪ねてきたのは、翌週の水曜日のことだった。鼻にかかった声や間の取り方が、高校時代に日本史を習った教師に似ている。名前は甲野《こうの》といった。

「根岸さんを襲った犯人が自供を始め、今朝ほど殺人未遂容疑で逮捕状を執行しましたので、ご本人とご家族に報告に上がりました」

「わざわざありがとうございます。犯人というのは、昨日から任意で事情を聞いていた人ですか？」

「ええ。同じ会社の総務部に勤務していた池戸なずなという契約社員の女性です。先週末に退職しているので、正確には元同僚ということになりますが」

池戸なずなという名前にはなんとなく覚えがある。だが、根岸の意識は相変わらずふわふわして定まらず、過去と現在がごっちゃになっているようだ。襲われた時の記憶も曖昧ではっきりしなかった。

「その池戸なずなという女性は、どうしてあんなことを？」

「話し出すと長くなります」と甲野は言った。「面会時間の制限もありますから、なるべく手短に申し上げましょう。池戸なずなが根岸さんを襲ったのは、個人的な恨みや利害関係があったからではありません。事件当夜、たまたま都合の悪い場面を目撃されたため、口封じの目的で犯行に及んだのです」

「都合の悪い場面というと？」

「事件当夜、会社の給湯室に常備されていたお茶の葉っぱに除草剤を混入したんです。ちょうど給湯室を出たところを目撃され、根岸さんに感づかれたと思ってとっさに口を封じることにした。エレベーターホールに置かれていたミニソテツの鉢植えで殴りかかったのは、計画性のない、出会い頭の突発的な犯行だったことを物語っています」

「なぜお茶の葉に除草剤なんかを?」

「職場いじめへの報復だったようですね。これはあくまでも本人の供述ですが、半年前に勤め始めてから、理不尽な集団いじめを受けて部内でも孤立していた。契約社員のくせに、人を見下すような舐めた態度が気に入らないといって、陰でぺんぺん草呼ばわりされていたらしい。業務にも支障が出るほどだったのに、誰もかばってくれず、ストレスから体調を崩して、退職に追いこまれたそうです」

ぺんぺん草というあだ名を聞いて、池戸なずなの顔を思い出した。受け口というのか、いつも下唇を突き出しているような顔つき。じめっとした陰気なまなざしをちらつかせるばかりで、何を考えているのかさっぱりわからない女だった……。

ふらふらとさまよう根岸の記憶をよそに、甲野は説明を続けた。

「ただ、彼女の側にまったく落ち度がなかったとは言いきれない。というのも、前の職場でも似たようなことがあって、やはり短期退職しているからなんです。その会社でも、池戸なずなが辞めた後、異物混入騒ぎがあったことが今回の捜査でわかりました」

「――前の会社でも?」

それが事件解決へのはずみになったのだろう。甲野は心持ち声をうわずらせて、

「警察に届け出がなかったので、証拠は残っていませんが、彼女がやったのではないかと疑う人も複数いたようです。除草剤ではなく、下剤の類だったらしいのですがね。今

回、より毒性の強い除草剤が混ぜられたのは、ぺんぺん草というあだ名に対する意趣返しだった可能性もあります」

「じゃあ、現場の給湯室から除草剤が見つかったということですか」

「そうです。前の勤め先への聞きこみから、異物混入の疑いが浮上したため、あらためて現場を再捜索したところ、未開封の緑茶パッケージに不審な注射跡が見つかりました。混入されていた除草剤の種類を特定し、販売店を絞りこんで、事件が起こる前の週に池戸なずながその製品を購入したことを突き止めたんです」

「待ってください。どうして彼女は、除草剤入りの緑茶を放置したんですか」

「回収する余裕がなかったからです」甲野はあっさりと答えた。「犯行は計画性のない、突発的なものでした。池戸なずなの供述によれば、根岸さんを鉢植えで殴り倒した直後、外の廊下に足音が聞こえたそうです。彼女はとっさに給湯室の灯りを消してドアを閉め、じっと息をひそめて通りかかった人物をやり過ごした。ちょうどその時、根岸さんと同じ営業部の同僚がトイレに行ったことがわかっています。彼がトイレに入ったタイミングを見はからって、池戸なずなは現場から廊下に出、ドアを閉めてその場を立ち去った。給湯室のドアにはガラスの切窓がついていましたが、室内が暗いと廊下から中の様子は見えません。瀕死の状態だった根岸さんの発見が遅れたのも、そのせいです」

そんなことがあったのか。甲野の説明を聞いて、根岸はやっと少し腑に落ちた。給湯室で頭を殴られる前後の出来事は、ぼんやりした記憶がブッ切れにフラッシュバックするだけで、実際にどれぐらいの時間が経過したのかすらおぼつかない。それでも、あの絶体絶命の場面で完全に息の根を止められなかったのが、ごくささいな偶然のおかげだったということは理解した。

「犯人の女性は、その後どうしたんですか？」

「闇にまぎれて、非常階段から逃げたと。事件があったのは早帰りデーの水曜の夜で、池戸なずなはアリバイを確保するため、午後七時前にいったん退社していました。ですが、根岸さんの勤め先のビルは、ほかにも複数の企業のオフィスやテナントが入っているせいで、各フロアごとの出入りのチェックが甘い。逃走に用いられた非常階段のセキュリティ・システムも、早帰りでない曜日と同様に、午後九時まではロックされない設定になっていたようです。つまり、池戸なずなは七時前に退社記録を残した後、ビル内にひそんでほかの社員がいなくなるのを待ち、誰にも見られずに除草剤を混入して給湯室を立ち去る予定だった。八時を過ぎても営業部の複数の社員がオフィスに居残っていたのは、ある程度想定していたはずですが、給湯室から出てくるところを誰かに見られるとは、思っていなかったんでしょう。根岸さんにとっては災難でしたが」

「本当に。でもアリバイがあったのに、よく犯人を逃がしませんでしたね」

「それは根岸さんのおかげなんですよ」と甲野は言った。「今日、真っ先にここへうかがったのも、そのことをお伝えしたかったからです。瀕死の状態だった根岸さんが、犯人の手がかりを残してくれなかったら、捜査はもっと難航していたでしょう」

「よくドラマや小説なんかで見かける、ダイイング・メッセージというやつですよ。池戸なずなが現場を立ち去った後、根岸さんは一時的に意識を回復されたようです。犯人の名前を知らせるために、懸命に知恵を絞られたのでしょう。たまたま給湯室のキッチン台の上に、来客用のティーセット一式と砂時計が置かれていました」

「――犯人の手がかり？」

「ティーセット一式と砂時計？」

「紅茶葉の蒸らし時間を計るためのものです」

さらさらと落ちていく赤い砂のイメージが、ふいによみがえった――白いキッチン台の端にぽつんとたたずむ砂時計。

高さ十センチ足らず、赤い砂の入った三分計だ。真ん中が細くくびれたガラスの本体の上下に木の台がついて、飾り彫りをした四本の柱に囲まれる形になっている。

「その砂時計が何か？」

「現場検証の際、根岸さんが最初に倒れていた位置から移動して、キッチン台の砂時計をひっくり返していたことが明らかになったんです。おわかりになりますか？　『すなどけい』という言葉を逆さに読むと、『いけどなす』になる。会社の名簿をチェックした際、それとほとんど同じ名前を持つ女性社員がいることに気づいて、ひょっとしたらと思ったのが、池戸なずなに目をつけたきっかけなんですよ」

まさか、そんなはずがあるものか。根岸の記憶は混乱した。

さらさらと落ちていく赤い砂――砂時計をひっくり返しても、中の砂が全部下に落ちきってしまったら、ひっくり返す前と同じだ。時間がたってしまえば、ただの砂時計にすぎない。根岸の苦労は水の泡になっていたはずだ。

「どうしてひっくり返されていると？　砂時計に指紋が残っていたんですか」

「いいえ」甲野はきっぱりと否定してから、「飾り彫りを施した柱の部分を持ったんでしょう。刻みが細かいので、照合可能な指紋は採れませんでした」

「何らかの理由で、砂が最後まで落ちきっていなかったとか」

「それもちがいます。中の砂はすべて、下に落ちていました」

「じゃあどうして、砂時計がひっくり返されているとわかったんですか？」

「根岸さんのワイシャツの右の肩口に、血の飛沫跡がありましてね。鑑定の結果、根岸さん本人の血痕と判明しました。鉢植えで頭を殴られた際に裂傷が生じて、右方向に血が飛んだのでしょう。しかし、見つかった血痕はそれだけではなかった」

「ほかにも血痕が？」

「はい。砂時計の台の底に、根岸さんの血痕がついていました。上を向いた側ではなく、キッチン台に接している下側の裏部分です。最初からそんな場所に、血がつくことなどありえません。考えられる可能性はただひとつ――頭部の裂傷から右方向に飛んだ血の飛沫が、キッチン台に置かれた砂時計のてっぺんに付着した。根岸さんが後からそれをひっくり返したので、ちょうど隠れる位置に変わったんです」

根岸は信じられない思いで、甲野の顔を凝視した。まるでその視線を肌に感じたように、甲野が両手を伸ばして根岸の手を握りしめるのがわかった。いや、甲野というのは日本史の教師の苗字で、刑事の名前は聞きそびれていたのだが……。

その顔が脳内で再現された虚像にすぎなかったとしても、目を閉じたまま、微動だにしない昏睡《こんすい》患者に覆いかぶさるようにして、訥々《とつとつ》と語りかける声は真実のものだった。

「聞こえていますか、根岸さん。犯人を逮捕することができたのは、あなたが最後まで望みを捨てなかったからだ。だからどうか、もう一度目を覚ましてください。私はあなたにそれを言うために、ここに来たんです」

どうやら

俺の苦労も

無駄ではなかったみたいだな。

深々とお辞儀をして刑事を送り出す妹の背中に寄り添いながら、根岸はそんなことを考えた。宙に浮かんだまま振り返ると、生命維持装置につながれて、スパゲッティみたいになった自分の体が目に入る。

もう一度目を覚ましてくださいと刑事は言ってくれたが、脳の損傷が激しくて、ふたたび意識を取り戻すことなどありえないのは、自分が一番よくわかっている。無理な延命措置を受けて、いつまでも家族に負担をかけたくはない。自分をこんな目に遭わせた犯人に借りを返してやったのだから、もう思い残すことはなかった。

さらさらと落ちていく赤い砂のイメージがよみがえる——

やがてそれは、根岸の魂を暖かく包みこむ金色の光に変わった。

細断されたあとがき◉2

この作品は「小説 野性時代」二〇一六年六月号に発表したもので、コーネル・ウールリッチの短編「一滴の血」（稲葉明雄訳）を下敷きにしている。その年の年間優秀作として、日本文藝家協会編『短篇ベストコレクション 現代の小説２０１７』（徳間文庫）に収録された。

フェイバリット短編へのオマージュを込めたカバー連作集を編《あ》もうともくろんだのは、この時点からである。ＫＡＤＯＫＡＷＡの編集部から「引き続き短編を」と依頼されたのだが、「赤い部屋異聞」が書けたのはフロックみたいなもので、乱歩ネタを続けてもじきに行き詰まるのは目に見えている。とはいえ、寄せ集めの非シリーズ短編集というのは人気がなくて、何か売り文句になるようなコンセプトがないと、なかなか一冊にまとめるのはむずかしい。だったら「オマージュ短篇」という企画の方に、連作の焦点を合わせればいいのではないか？

オマージュの対象として、真っ先に思い浮かんだのが「一滴の血」だった。「エラリー・クイーンズ・ミステリ・マガジン」の一九六一年度（第十三回）短篇コンテストで第一席を獲得した名品である。私は早川書房のアンソロジー『37の短篇 世界ミステリ全集18』で初めて読んだが、現在は同書の分冊版『51番目の密室』（ハヤカワミステリ）に収められている。

ウールリッチ（ウィリアム・アイリッシュ）は巻き込まれ型サスペンスを得意とした作家だが、「一滴の血」は犯人の視点から犯行を描いた倒叙ミステリだ。「犯行——および、それが起るにいたったいきさつ」「推理——および、それがいかにして証明されたか」の二部構成になっていて、有罪の決め手となる物証のアイデアが忘れがたい。あらためて読み返すと、罪悪感の欠落した犯人の心理描写にいびつな偏りがあって、ちょっとシオドア・スタージョンの犯罪小説に通じる不穏さを感じる。

「砂時計の伝言」では、「一滴の血」の物証のアイデアをダイイング・メッセージに応用して、被害者の視点から事件が解決するまでを書こうと思った。とはいえ、ダイイング・メッセージの短編で、最後に被害者が息を吹き返すのは悪手だろう。前半と後半で視点が変わったらつまらないし、何からまい手はないかと考えているうちに、幽体（体外）離脱という抜け道を思いついた。

実はこの思いつきには呼び水となる作品があって、第十二回「ミステリーズ！新人賞」の佳作に入選した榊林銘氏の「十五秒」（「ミステリーズ！」vol.74 DECEMBER 2015）がそれである。死神からサービスとして与えられたわずか十五秒の制限時間内に、瀕死の被害者と殺人犯が息詰まる頭脳戦をくり広げる特殊設定ミステリで、ダイイング・メッセージの使い方にも斬新な処理が施されている。

私はこの回の「ミステリーズ！新人賞」で、新保博久・米澤穂信の両氏とともに選考委員を務めていたので、「砂時計の伝言」を書いている間、「十五秒」のことがずっと念頭にあった。ネタがかぶらないよう細心の注意を払ったつもりだが、もし似ているところがあるとすれば、私の方が影響されたことになるだろう。興味をお持ちの読者は榊林氏のデビュー作と読み比べて、それぞれの味つけのちがいを確かめてほしい。

（文庫版付記）「十五秒」は榊林銘氏のデビュー作品集『あと十五秒で死ぬ』（東京創元社、二〇二一年一月刊）に収録された。

続・夢判断

1

その青年は相談室に入ってくるなり、追いつめられたような声で訴えた。

「お願いです、先生、ぼくを助けてください」

「ええ、もちろん」と私は言った。「あなたの悩みを解決するために、できる限りのお手伝いをしましょう。それが心理カウンセラーの仕事ですから」

「いや、でも――ダメだ」青年は頭を抱え、苦しそうにつぶやいた。「きっと無理です。ぼくの抱えている問題は、誰にも解決できるわけがない!」

「まあ、そう言わずに」私は呼吸をはかり、穏やかに応じた。「とりあえずおかけになって、どんな問題を抱えているのか、話していただけませんか?」

青年はもじもじしながら、相談者《クライエント》用の肘掛け椅子に腰を下ろした。なかなか視線が定まらず、室内のあちこちに目を走らせていたが、インテリアに関心があるわけではなさそうだ。ガラス窓の外が気になって仕方がないようである。

「まぶしかったら、ブラインドを下ろしましょうか?」

私がたずねると、青年は一度うなずいてからあわてて首を横に振り、

「いや、そのままで――」

と言い添えた。それで腹が決まったらしい。ふらついていた視線がようやく落ち着い

たかと思うと、堰《せき》を切ったように話し始めた。

「ぼくは妹尾《せのお》裕樹《ゆうき》といって、このビルの最上階にある人材派遣会社に勤めています。派遣登録しているのではなく、派遣元の営業職という意味ですが。年は二十八で、いま付き合っている彼女がいます。去年合コンで知り合ったんですが、テレビドラマの話題で盛り上がったのをきっかけに、連絡先を交換して二人で会うようになりました。もう一年近くになります。見た目はちょっと地味かもしれませんが、笑うとかわいい顔をするし、一緒にいるだけで気持ちがなごむんです。ええ、わざわざこんなことを話すのは、それがぼくの問題と関係があるからで」

「すると、そのお嬢さんと結婚を考えているのですか？」

「――結婚？」妹尾と名乗った青年は少し間を置いた。「そうですね。今すぐというのは無理ですが、いずれそういうことになると思います。そのつもりで少しずつ貯金していますし、彼女も将来のことをいろいろ考えているようです」

「なるほど」相手が言いよどんだのを見て、私は先を促した。「どうぞ話を続けてください。あなたの抱えている問題いかんによっては、彼女について立ち入った質問をすることになるかもしれませんが」

「いいですよ。ぼくたちは真面目に付き合っていますし、隠しだてしなければならないようなことは何もないですから。まあ傍《はた》から見れば、たしかに彼女はちょっと変わり者かもしれませんけどね。ドラマの話をする時なんかでも、役者の台詞《せりふ》やしぐさをいちいち全部実演しないと気がすまないところとか——だけど、そこが彼女の魅力だと思うんです」

「ほう、台詞やしぐさをいちいち全部ですか」私は相槌《あいづち》を打ちながら、青年の発言を用箋に走り書きした。

「そんなに変なことじゃないでしょう」妹尾は急に真顔になって、「変わり者と言ったのは言葉の綾《あや》ですよ。ぼくが言いたかったのは——つまり、そういうところも含めて彼女のことが気に入っているし、ぼくたちの間はうまくいっていると言いたかっただけです。ところがですね、先生、ぼくは今から二十九日前の晩に、ある夢を見たんです」

「二十九ですか、なるほど」私は注意深くその数字を用箋に書き留めた。「先ほどあなたは二十八歳だとおっしゃいましたね。誕生日はいつですか？」

「十二月ですが」

「三か月先ですね。二十九歳という年齢にプレッシャーを感じていませんか」

「いや、それとこれとは関係ないと思います」妹尾はじれったそうに言った。「あの、先生もご存じでしょうが、このビルはちょうど三十階あるじゃないですか」

私は反射的に相談室の天井を見上げた。指摘されるまでそんなことは考えもしなかったが、たしかにこのビルは三十階建てである。私はもっともらしくうなずいてから、クライエントの目をのぞき込んだ。

「すると何ですか、このビルの形とか高さとかが、あなたの抱えている問題に影響を与えているということですか？」

「ぼくにわかっているのは――」妹尾は堅苦しい口調で続けた。「自分がこのビルのてっぺんから落ちていく夢を見たということです。最上階にある職場の見なれた窓の外側の、何もない空中を」

「落ちていく！」私はあごに親指を当てた。「その時、あなたはどんな気分でしたか？」

「わりと冷静だったと思います。焦るとか怖いとかいうより、そうか自分は落っこちているんだな、と頭で理解する余裕がありました。落ちるスピードより、周りを見たり考えたりするスピードの方が速くて、目の前にあるビルの窓が自分の会社のオフィスだとわかったのもそのせいでしょう。思わず伸ばした手の先がほんの一瞬、三十階の窓とそのすぐ下の窓の間の壁面に触れたんですが、そこで目が覚めてしまいました」

「それだけですか？」拍子抜けして、私は思わずそう洩《も》らした。「ごくありふれた、ささいな夢ですね。初めてそんな夢を見たら、びっくりして誰かの助けを求めたくなるかもしれませんが、けっして大騒ぎするような問題ではありません。実は私もごく最近――」

「ちょっと待ってください」妹尾は私の言葉をさえぎった。「次の晩も、ぼくはまた同じ夢を、というよりその続きを見たんです。こんな具合に両手を伸ばして、壁面に沿って下に落ちていったんです。やはりうちの会社が入っている二十九階の窓をのぞき込みながら……。窓際の個室で、コーディネーターの同僚が派遣スタッフと面接しているのが見えました——今、ぼくと先生が話しているのと同じように。二人は顔をこっちへ向けて、ぼくを見ました。二人とも目を丸くして、あわてて立ち上がろうとしたようですが、静止画のコマ送りみたいに固まった異様に遅い動きで、ぼくが落ちていくスピードとは比べものになりません。その時はもう、面接室の窓の前を通り過ぎて、次の階との仕切りのところまで来ていたんです。そこでまた、目が覚めてしまいました」

深刻ぶった相手の気に障らぬように、私は軽く頭を傾けて、

「それがどうだというんですか？　前夜の夢の続きを次の夜に見る——これは健康な人にもごく普通に起こることですよ」

「そうかもしれません」と妹尾は言った。「けれども、またその次の晩には、その階と次の階との仕切りのそばを通り過ぎるところから、夢が始まったんです。ぼくはこんなふうにバランスをくずして、バンザイをするような格好で——」

「ストップ、ストップ」私は両手を前に伸ばしてクライエントを制止した。「わかりました。実演する必要はありません。あやうく椅子を倒すところだった」

「すみません」妹尾は頭を下げた。「美月《みづき》の癖がうつったのかもしれません。ああ、美月というのはさっき話した彼女のことです。ドラマの話題でもそうですが、彼女は自分のしたことを話そうとする時は、いつもその真似をしてみせるんです——台詞やしぐさをいちいち全部」

「ええ、それはさっき聞きました」そう念を押しながら、私はふと疑念を覚えた。既視

感といってもいい。この妹尾という青年の話を、以前どこかで聞いたことがあるような、そんな気がしたのである。

「ちょっとうかがいますが」私はあらためて妹尾にたずねた。「あなたはかなり考える余裕があるようですが、なぜ自分が落ちていくのか、たとえば自分から身を投げたのか、それとも誤って足をすべらせたのか、考えてみなかったのですか？」

「それがまったくわからないんです。ぼくの見た最後の夢——昨日の夜に見た夢が、その問題に何らかのヒントを与えてくれない限り、ぼくには全然見当がつきません。ぼくはそれからも、落ちていきながらたえず周りを見回し続けました。もちろん、落下速度はどんどん増しているはずですが、それに比例するように、ぼくの考えるスピードも速くなっていたからです。ところで先生は、あらゆるものを呑み込んでしまうブラックホールのことを聞いたことがありますか？　もしぼくがブラックホールに吸い込まれていくとしても、遠く離れた人の目には、時間の流れがどんどん遅くなっていくように見えるそうです。ぼくの見た夢というのも、ちょうどそれを逆にしたような——」

「たとえ話はよしましょう」と私は突っぱねた。「今はあなたが、実際に体験されたことだけに限った方がよさそうですね」

「では」と妹尾は言った。「十三階のところで、ぼくはひょいと窓の中をのぞいてみたんですが、その時は自分の目が信じられませんでしたよ。まさか真っ昼間からビルの会議室で、あんなコスプレのフェチ動画みたいな光景が繰り広げられているなんてね。それで、先生、ぼくはさっそく次の日に、純粋な好奇心からこのビルの十三階を訪ねてみたんですが、それは何とかいう小劇団の事務所兼稽古場でした。この体験を聞いても、先生はぼくの夢が正夢だと認めてはくれませんか？」

「まあ、落ち着いて」ますます既視感が募る一方だったが、私はそれを表に出さないよう努めながら、相手をなだめた。「このビルにある会社や事務所は、ぜんぶ一階ホールの掲示板に表示してありますからね。あなたはきっと、無意識のうちにそれを記憶していて、それを夢の中にはめ込んだにすぎないのでは？」

「とにかく」と妹尾は続けた。「その階を過ぎたあたりから、ぼくは前よりも下を見おろし始めました。もちろん通過する各階の窓の中に目をやることも忘れませんでしたが、ほとんどは下を見ていました。歩道を歩いている人たちの頭が毎晩、少しずつ近づいてくるのがわかるんです。やがて、道路をはさんで斜め向かいに立っている女性の目が、ぼくの落ちていく姿をとらえたのに気づきました。まだ悲鳴は聞こえませんが、日ごとに彼女の表情が恐怖にゆがんでいくのが手に取るようにわかります。うまく言えませんが、その女性に申し訳ない気持ちがしました。それまでぼくは腹這いになって、泳ぐような格好をしていたんですが、このまま落ちていくと地面に顔からぶつかってしまう。そう思うと急に怖くなって、目を閉じようとしたのですが、何も見えなくなると考えると、かえってその方がよけいに怖ろしくなって、どうしても目を閉じることができないんです。そんなわけで、ぼくはこんなふうに自分の体をねじったり、折り曲げたりしながら……」

「どうぞ落ち着いて」と私は言った。「いちいち実演しなくてもいいですから」

「すみません」妹尾は上げかけた足を下ろした。「美月の癖がうつってしまったんです」

「さあ、お座りになって、先を話してください」

「で、昨夜が」と妹尾は絶望的な口調で言った。「ちょうど二十九日目の夜でした」

「するとあなたは、この階に到達されたわけですね。このオフィスは、同じビルの二階にあるわけですから」

「そうなんですよ」と青年は叫んだ。「ぼくはこの窓の外をすごいスピードで落ちていったんです。その時、ぼくはちらっと窓の中をのぞいたんですが、すると先生、あなたが見えました！　今と同じように、はっきりと！」

その言葉を聞いて、私は確信した。

この青年はありもしない嘘をついている、と。

2

私が疑念を覚えた理由はほかでもない、クライエントの話がある小説にそっくりなのを思い出したからだ。アメリカで活躍した作家、ジョン・コリアが書いた「夢判断」という短編である。ごく短い作品だから、ショートショートといった方が適切かもしれない。

物語は、ひとりの青年が有名な精神科医の診療室《オフィス》に入ってきて、「ぼくを助けてください」と懇願する場面から始まる。彼はチャールズ・ロティファーといって、医者のオフィスと同じ高層ビルの最上階（三十九階）にある会計事務所に勤めている。年は二十八で、メイジーという天使のように美しい金髪の娘と婚約中だという。

チャールズ青年は三十八日前の夜、ある夢を見た――最上階にある事務所の窓の外を落ちていく夢で、三十九階と三十八階の窓を隔てる石造りの飾りに手を触れたところで目が覚める。だが、話はそれで終わらない。その次の夜、彼はまた同じ夢の続きを見る。三十八階の窓の外を落ちていきながら、ガラス越しに会計事務所の税務課の同僚と目を合わせる。同僚の顔にはびっくりした表情が浮かび、あわてて席を立って窓際に駆け寄ろうとするが、チャールズはすでに窓の前を通り過ぎて、次の階との境界線のところまで落ちていた。そこでまた、彼は目が覚めてしまったという。

精神科医は平然とした態度で、前夜の夢の続きを次の夜に見るのは、ごく普通に起こることだと指摘する。それでも青年は一歩も引かず、夢で見た落下の体勢を実演しながら、自分がどんなふうに窓の外を落ちていくのかを説明する。ニュー・ジャージーの山々のすてきな眺め、無表情な丸っこい目で彼を見つめる一羽のハト、真下の街路を歩いている人たちの浜辺の黒い小石のようにむらがった帽子の群れ、それらの小石の一つ二つが白い色に変わり、こちらを見上げる人の顔だと気づく……。考える余裕はあるのに、なぜ自分が落ちていくのか、まったく理由がわからない。

患者が言うには、墜落の速度はしだいに速くなっていくけれど、それを埋め合わせるように、頭の中で思考するスピードも速くなっていくらしい。十五階の空中でなにげなく窓の中をのぞき込んだ青年は、室内でいかがわしい行為がおこなわれている場面を目撃する。さっそく次の日、好奇心に突き動かされてビルの十五階を訪ねてみると、そこはある演劇仲介業者のオフィスだった――これこそ正夢の証拠ではないか？

差し迫った患者の問いを、精神科医は一蹴する。このビルのテナントの名は、すべて一階の掲示板に出ている。それを無意識の間に記憶して、うまく夢の中にはめ込んだにすぎないのだ、と。それでも青年は譲らない。夢の中で落ちていく彼は、真下の街路を行きかう人々が顔を上げて、自分を見ているのに気づく。運転を誤った二台のタクシーが衝突し、混乱したざわめきの中から女性の悲鳴が上がる……。残りの階数が少なくなると、青年は地面にぶつかる前から、想像上の痛みを体のあちこちに感じ始める。その痛みから逃れるために、頭を上にしたり下にしたり、たえず体をよじったり折り曲げたりしながら、夢の中の重力にあらがう術《すべ》もなく落ちていく。

「で、昨夜《ゆうべ》が」と青年は絶望的な調子で言う。「ちょうど三十八日目の夜でした」

精神科医のオフィスはビルの二階にあった。青年はものすごいスピードで落ちていきながら、ちらっと窓の中をのぞきこんで、医師の顔を見たという。いま話しているのと同じように、はっきりと。

ここまでは、妹尾裕樹の話とほとんど同じだが、「夢判断」にはまだ続きがある——チャールズ青年が見た夢の中で、精神科医はひとりではなく、美しい金髪の若い女性と一緒だった。彼女は医師の膝の上に乗り、首に両腕をからませていたという。青年はてっきりこれもまた、演劇仲介業者のひとりだなと考える。だが、それにしてもなんて美しい金髪だろう、まるでフィアンセのメイジーそっくりだ……そう思った瞬間、室内の二人が窓の方を見る。そこにいたのはまちがいなく、彼の婚約者だった！

あまりのショックに、目が覚めた後もその光景が頭を離れない。青年はどうしても好奇心を抑えきれず、この目でもう一度事実を確かめたいという衝動に駆られて、同じビルの二階にあるオフィスを訪ねた。そこで初めてフィアンセと一緒にいた男が演劇仲介業者ではなく、精神科医であるということを知ったという。

精神科医は青年の夢を一笑に付す。そもそも彼女は自分の患者ではないし、職業倫理の観点からも診療室の中でいかがわしい行為に及ぶことはありえない。彼の見た夢は、回帰夢という比較的単純な神経症で、治療はむずかしくない。週に三、四回通院すれば、必ず回復するだろう。たとえ地面にぶつかったとしても、それは夢の中の出来事にすぎないのだからできるだけ気にしないで、普段通りの生活をするようにとアドバイスして、患者を送り出す。憂鬱そうに頭を振りながら、青年は帰っていった。

それからまもなく、秘書が戸口から顔を出して、新しい患者が来たことを告げる。ミス・ミムリングという、思い込みの激しそうな金髪の若い女性だった。彼女はひどく興奮しながら、異常な夢を見たと訴える。その夢の中でここへ来た時、医師の名前が戸口にかかっているのを見て、目が覚めてから電話帳でその名を調べたという。実際にこのオフィスの住所が載っていたので、居ても立ってもいられず、直接会いにきたのだった。

精神科医は患者用のアームチェアを勧めるが、彼女は妙にそわそわしながら、デスクの端に腰かけて、自分が見た夢の話を続ける。彼女はこのオフィスを訪ね、いま実際にそうしているようにデスクの端に腰かけて、医師と話をしているうちに、突然名状しがたい求愛衝動に襲われ、彼の膝の上に乗ってしまったという。婚約中の青年のことを心から愛しているのに、夢の中の彼女は（そして現実の彼女も）何かに操られるように医師の首に腕を回し、それからなにげなく窓の外を見る。

「すると――ああ、どうでしょう！　あの人がいるじゃありませんか！　あの人がいたんですよ！　あのチャーリーが！　そしてあの人は、さっと窓の外を通りすぎながら、とてもおそろしい眼つきで、あたしたちのほうを見ていたのです！」

◉

奇妙な発端と異様なサスペンス、そして意表をつくオチと、三拍子そろったショートショートのお手本のような作品である。とはいえ、あまりにも作りものめいていて、現実味に欠けるのも事実だが。そもそも私たちが実際に見る夢は、もっと破綻や飛躍があって、こんなにきれいにまとまるようなものではない。

それは別にしても、あまりにも話がそっくりすぎる。ビルの階数や勤務先の職種こそ異なっているものの、それらを除けば、ほとんど引き写しといっていい。クライエントがありもしない嘘をついていると判断したのは、そのせいだった。ただし妹尾本人が、ストーリーの剽窃行為をどれだけ自覚しているかはわからない。

「夢判断」は有名な作品だが、なにしろ五十年以上前の古典である。精神分析や心理学に興味があるならともかく、最近の若者はあまり海外の小説を読まないそうだから、妹尾裕樹がコリアの原典を読んでいるとは考えにくかった。それでもストーリーのダイジェストが漫画になったり、ネットの怪談サイトに流用されていてもおかしくない。テレビドラマが好きらしいので、脚色されたドラマ版か何かを見たのではないだろうか。

もちろんそれだけの理由で、虚言癖があると決めつけることはできない。無意識に刷り込まれたフィクションの記憶が、夢となってよみがえるのはよくあることなのだから——かといって、頭ごなしに昔の小説の二番煎じと告げるのは禁物だ。

目の前にいる青年は、何らかの心の悩みを抱えているのだろう。たまたまそれが借り物の夢という形で表れたとすれば、問題はストーリーの元ネタ探しなどではない。心理カウンセラーの仕事は、対話を通じてクライエントの葛藤をあぶり出し、その現実的な解決法を見いだす手助けをすることである。そのためには、語られた夢の内容が彼のオリジナルではないことを、クライエント本人に自覚してもらわなければならない。私は上から目線にならぬよう配慮しながら、妹尾にたずねた。

「――その夢は、本当にあなた自身の中から出てきたものでしょうか？　ひょっとして、それと似たようなストーリーをどこかよそで見聞きしたことはないですか？」

私の問いは図星を指したようだ。妹尾はハッと息を呑み、まごついたような目で私を見つめた。黙りこくったまま、青年の顔が徐々に紅潮するのがわかった。

沈黙に水を差したのは、デスクのインターホンのブザーだった。私は小さく舌を打ち、クライエントに目で謝ってから、通話ボタンを押した。

「すみません、先生」受付と事務を任せている古柴仁美《こしばひとみ》の声が聞こえた。「相談希望のお客さまがいらっしゃって、今すぐ先生とお話ししたいと」

「困るな。いま面談中だから、後にしてもらえないか」

「そう言ったんですけど、どうしてもすぐに会いたいと。小野寺《おのでら》美月さんとおっしゃる女性なんですが」

私は思わず妹尾と顔を見合わせた。妹尾はごくりと唾を呑んで、小声で言った。

「美月――さっき話した彼女のことです」

「わかった」私はインターホンの通話ボタンを押して古柴仁美に伝えた。「待合室で待たせておきなさい」

「ま、待ってください、先生」妹尾があわてて腰を上げた。「この部屋には別の出口がありますか？　ぼくがここにいることを、彼女に知られたくないんですが」

「あいにく出入り口はひとつしかない」待合室を通らずに外に出ることはできるのだが、私はとっさに嘘をついた。「顔を合わせられない理由をちゃんと話してくれるかね？」

「すべてお話しします」妹尾は覚悟を決めたようにうなだれた。

「古柴さん」私はもう一度通話ボタンを押し、指示を変更した。「まだしばらく時間がかかりそうだ。小野寺さんのカウンセリングは午後に回したい。悪いけれど、出直してもらうように頼んでくれないか」

「わかりました、先生」

私はうなずいて、クライエントに向き直った。妹尾裕樹は胸のつかえを吐き出すように大きくため息をつくと、しおらしい声で言った。

「お察しの通りです。先生の目はごまかせませんね。今まで話してきたことは、ぼくの見た夢ではありません。すべて別の人から聞いたことなんです」

「そうでしたか」私は物分かりのいい態度を示した。「嘘をついたからといって責めはしません。むしろ打ち明けてくれたことにお礼を言いますよ。それで、あなたはどこの誰からその話を聞いたのでしょうか？」

「――美月です」

「さっきここへ来た、小野寺美月さんのことですか？」

「そうです」と妹尾は認めた。「ぼくはここの最上階の人材派遣会社に勤めていると言いましたが、あれも嘘です。本当は彼女がそこで働いているんです」

「ちょっと待ってください」と私は言った。「ひょっとして、小野寺さんと付き合っているというのも嘘ですか？」

「いや、それは本当です」妹尾はすぐに続けた。「それに夢の話自体も――このビルのてっぺんから毎晩一階ずつ落ちていく夢を見ていたのは、彼女なんです」

3

私は青年の顔をじっと見つめた。こちらの予想とは少し話がちがっているようだ。妹尾に対する判断をいったん棚上げにして、私は慎重に探りを入れた。

「するとあなたは、小野寺さんから夢に関する相談を受けたということですね」

「ええ。彼女がその夢を見始めたのは、ちょうど二十九日前。内容もほぼ、ぼくが先生に話した通りです。最初、彼女は毎晩見る夢を面白がっていたようですが、だんだん地上に近づいていくうちに、このまま地面にぶつかったらどうしようと、不安を感じるようになったらしくて。それで一週間ほど前、ぼくに夢の話を打ち明けてくれました」

「なるほど。それで？」

「ぼくも最初は先生と同じように、どうせ夢なんだから心配することはない、と彼女に言いました。もしどうしても気になるなら、心療内科かカウンセラーに相談すればいいんじゃないかと助言もしたんです。でも美月は、そういうところは苦手だし、心を病んでるみたいに見られたくないからと言って、ちっとも耳を貸そうとしません。そこでぼくは考えたんです——彼女の見た夢の内容を細かく聞き出し、それをぼく自身が見た夢だということにして専門家に相談すれば、きっと的確なアドバイスがもらえるのではないかと」

「なるほど」私は冷静に応じた。「だからあなたは、彼女のしぐさをいちいち実演してみせたわけですね。夢の内容をなるべく正確に再現するために」

「そうです」

「待合室で小野寺さんと鉢合わせしたくなかったのも、あなたが勝手に彼女の個人的な問題を私に明かしたことを知られたくなかったから？」

「先生のおっしゃる通りです」と言って、妹尾は気まずそうに目をそらした。

顔を合わせたくない理由がほかにもありそうだ。私は親指であごを触りながら、クライエントの説明を吟味した。話の筋は通っているようだが、まだ腑に落ちない点がある。

「いくつか確認させてください。小野寺さんから夢の話を聞いたのは一週間前だとおっしゃいましたが、彼女はそれ以降も落ちていく夢の続きを見ているのですか？」

「はい」妹尾は即座に答えた。「曜日によっては会えない日もありますが、毎日電話で夢の話を聞いてます。ここ何日かは、明らかに怯えているようでした」

「それでもあなたは、今日までここへ来るのをためらっていた。言い換えれば、あなたがとうとう私に会いにきたということは、昨夜から今朝にかけて事態が急変し、後戻りできないところへ差しかかったということになる。それはきっと、小野寺さんが昨夜見た夢の内容と関係がありますね」

「そうです」妹尾は頼りない声で私に同意した。「今朝、起きてすぐに美月から電話がかかってきたんです……」

「朝から電話が？」私は話の先を予想して、「ひょっとして彼女が見た夢に、私が出てきたと言われたのですか？」

「そうです」妹尾はうなずいた。「でも、彼女が窓越しに見たのはそれだけではありません。室内にいたのは先生だけでなく、若い男性が一緒だった――二人は親密そうに手を握り合っていて、しかも若い男性というのは、まちがいなくぼくだったと言うんです！」

「あなたが私と！」私は肩をすくめてみせた。「何とも人騒がせな夢ですね。ですが、あなたもおっしゃったように、どうせ夢なんだから心配することはありません。若い女性がホモセクシャルな妄想をふくらませるのは今時ありふれたことですし、実際にあなたにそうした傾向があると疑っているわけでもないでしょう。それとも何ですか、小野寺さんは今朝の電話でもっと差し迫った精神的危機を訴えたのでしょうか？」

「いいえ」妹尾は自信なさそうに首を横に振った。

「それより腑に落ちないのは」と私は続けた。「彼女が夢の中で私を見たと称していることです。いうまでもなく、彼女は私のクライエントではありません。相談を求めてここへ来たのも今日が初めてですから、私も彼女もお互いの顔を知りません。ところがあなたの話によれば、小野寺さんは昨夜の夢で一度も会ったことのない私の顔をはっきり認めたという。あなたが他人の夢の中を直接のぞき込めるなら別ですが、彼女が目撃した人物とこの私が同じ顔をしているかどうか、誰にもわかりっこないのではありませんか？」

「それは先生のおっしゃる通りです」妹尾はしぶしぶ認めた。「それでも彼女は、先生の顔を見たにちがいない！　ぼくがそう思うのには、ちゃんと理由があります」

「それはどんな理由ですか？」

「それは――こう言っても信じてもらえないかもしれませんが――昨夜、というより今朝目が覚める直前に、ぼく自身が身の毛もよだつような悪夢を見たからです」

「目が覚める直前というのは、小野寺さんの電話より前ということですね」細かく聞きただすと、妹尾は青ざめた顔でうなずいた。「身の毛もよだつような悪夢とは？」

「ぼくがこのビルの二階にある、先生のオフィスにいる夢です」妹尾はイメージを具体化するように、身ぶりを交えて説明した。「ちょうど今みたいに、ぼくと先生が向かい合って話しているのです。もちろん、その時のぼくは話している相手が誰なのか知りませんでした。実際にここへ来るまで、先生に会ったことはなかったんですから」

　私はしかつめらしくうなずいた。その点に関しては、まったく疑問の余地がない。だとしても、まだ釈然としないことがある。

「話している相手が誰か知らないのに、よくこのオフィスだとわかりましたね」

「それは、さっき先生も言ったじゃないですか」妹尾はもどかしそうに答えた。「このビルにある会社や事務所は、ぜんぶ一階ホールの掲示板に表示してあるって。美月とのデートの待ち合わせで、ぼくは何度かこのビルに来ています。だから二階に心理カウンセラーのオフィスがあることは知っていたし、彼女にもそこへ相談に行ったらどうかと勧めたぐらいです。美月の方は、人目を気にして逆に敬遠していたようですが……。でも、それだけではないんです。というのも今朝、自分が見た夢の内容と突き合わせると──」

妹尾は急に口ごもって、年端もいかない子供のようにかぶりを振った。悪夢がフラッシュバックしたのだろうか、目の焦点がおぼつかない。額にうっすらと汗が浮かび、歯医者の診療台に座った患者のように、椅子の肘掛けを両手で固く握りしめている。

私は身を乗り出して、青年の左手の甲にそっと自分の右手を重ねた。肌の接触を嫌うクライエントも少なくないので、最初は指先でタッチする程度に抑え、徐々に相手の緊張がほぐれるのを待った。

「何も怖がることはありません」私は妹尾から手を離さず、穏やかに語りかけた。「どんなにおぞましい悪夢でも、所詮は夢の中の出来事にすぎないのです。いやな夢ならなおさら、自分の中にため込んではいけません。誰かに打ち明けることによって、無意識の不安を解消するのが最善の対処法です」

妹尾はもぐもぐと口を動かした。だが声が小さすぎて、聞き取れない。青年の口元に顔を近づけると、かろうじて彼がつぶやくのが聞こえた。

「――そうです。夢の中でも先生は、今みたいにぼくの手を握りしめながら、何も怖がることはない、いやな夢をため込んではいけないと言いました。それでぼくは、先生に夢の話を打ち明けながら、なにげなくこんなふうに窓の外を見たんですが、すると――ああ、なんてことだ！　彼女が！　ほら！　そこに美月がいたんです！　そして彼女は、さっと窓の外を落ちていきながら、とても怖ろしい目つきで、ぼくたちを見ていたんです！」

4

妹尾の声は叫びに近かった。かっと両目を見開いて、右手で窓を指さしている。私は反射的に振り返って窓の外を見たが、落ちていく女性の姿を目撃するには遅すぎた。

「まさか、そんなことが――」

私はあたふたと椅子から立ち上がり、施錠をはずしてサッシ窓を開けた。アスファルトで熱されたほこりっぽい外気と締まりのない都市のノイズが押し寄せてくる。私は首を外に突き出して、下を見た。目に入ったのは駐車中の宅配トラックと、その横を通り過ぎていくスーツ姿のサラリーマン。あとは車道をはさんだ向かいのコンビニの前で立ち話をしている若者ぐらいで、表の歩道には何の異変もない。

上半身をねじってビルの壁面を見上げると、コンクリートとガラスの無機質な平面が垂直にそびえ立っている。しばらく目をこらしてみたが、上空をカラスみたいな黒い影がよぎっただけで、特に目立った動きはなかった。

思わずため息が洩れる。ほっとしたのは事実だが、それ以上にまんまと口車に乗せられたのを恥じる気持ちの方が上回っていた。「夢判断」の結末を知っていたのに同じ手口に引っかかったのは、それだけ妹尾の芝居が真に迫っていたということだ。

だとしても、彼はいったいどういうつもりでこんな茶番を仕掛けたのか？　悪ふざけにしても、手がこみすぎている。むしろこうした問題行動は、クライエントが無意識のうちに発するSOSであるケースが珍しくない。

妹尾裕樹もその例外ではないとすれば、面談の本番はこれからである。どんな状況であれ、心理カウンセラーが動揺した表情をクライエントに見せることはできない。私は妹尾に背を向けたまま呼吸を整え、平常心を取り戻すことに努めた。

窓を閉め、ゆっくりと振り返りながら、私は口を開いた。

「妹尾さん――」

だが振り返った先に、クライエントの姿はなかった。どうやら私が背を向けている間に、こっそりと立ち去ったらしい。相談室の中にいるのは、私ひとりだった。

私は相談室を出て、待合室をのぞいたが、やはり妹尾の姿はない。受付の古柴仁美に

クライエントの行方をたずねると、

「さっきトイレに行かれましたよ」

ものすごく切羽詰まった顔で、「お手洗いは？」と聞かれたので、共用トイレの場所を教えたという。私はオフィスを飛び出して、二階の共用トイレを見にいったが、そこにも妹尾はいなかった。追いかけても無駄だろう。完全に取り逃がしたということだ。

私は首をひねりながら、オフィスへ戻った。

「いなかったんですか？」と古柴仁美が問いかける。私は首をすくめるポーズで、

「どうもかつがれたらしい。手のこんだイタズラみたいだ」

「そんな。念のため、問診票を確認してみては？」

古柴仁美に促され、相談室のデスクに置きっぱなしの問診票にあらためて目を通す。書き殴ったような読みにくい字で、質問に対する答えもおざなりだった。とりあえず、連絡先に書かれた携帯電話の番号にかけてみる。

「おかけになった電話番号は、現在使われておりません」というガイダンスが聞こえた。

「番号をお確かめになって、もう一度おかけ直しください」

私は黙って電話を切った。腕を組んで自分の椅子に座り込んだところへ、古柴仁美がコーヒーを持ってくる。雇い主のへこんだ様子を見て、気を利かせてくれたらしい。私は苦いコーヒーを一口すすってから、おもむろに古柴にたずねた。

「あとから来た小野寺美月という女性だが、どんな感じだった？」

「二十四、五歳ぐらいの、地味で真面目そうな人でしたよ」と古柴が答えた。「ショートカットの黒髪で、身長は百六十センチぐらい。就活の女子学生みたいな垢抜けないスーツを着て、体型はわりとぽっちゃり系でした」

「前に見たことは？　ここの最上階の人材派遣会社に勤めているらしいんだが」

「さあ」古柴の反応は鈍かった。「あんまり印象に残らない顔だちだったので」

「笑うとかわいい顔になるそうだけどね」と言って、私はつい苦笑いした。「いや、それが本当かどうか、確かめようもないんだが」

「確かめるも何も、午後の面談で本人に会えばわかると思いますけど」

「彼女がちゃんと来てくれたらね」私は投げやりな口調で言った。「でも、もうここには顔を出さないいんじゃないかな」

「わけがわかりませんよ、先生」古柴仁美は口をとがらせた。「さっきの妹尾という人、どんなことを相談したんですか？」

古柴が不審がるのも無理はない。私は妹尾裕樹と名乗った青年の相談内容を、かいつまんで説明することにした。このビルの最上階から毎晩、一階ずつ落ちていく夢を見続けているという話。その夢がジョン・コリアの「夢判断」とそっくりだと気づいたこと。古柴と話してからあらためて妹尾に事情を聞くと、ビルから落ちる夢を見ていたのは自分ではなく、恋人の小野寺美月であると認めたこと。ところが、今日の朝イチに彼女が電話をかけてきて、昨夜見た夢の内容――二階の窓の外から、私と妹尾が親密そうに手を握り合っている場面を目撃した――を彼に伝えたこと。妹尾自身も昨夜それと同じ場面を夢の中で体験し、このオフィスで私と話しながら、夢で見たのと同じように窓の外に目をやると、真っ逆さまに落ちていく恋人がとても怖ろしい目つきでこっちを見ていたこと……。

クライエントの虚言に振り回されてしまったせいで、自分が思っていた以上に、職業的プライドが傷ついていたようだ。要点だけ伝えるつもりだったのに、思いがけず熱が入って、青年とのやりとりをあらかた語りつくしていた。

「――すっかり長話になってしまったな」私はいささか決まりの悪さを感じ、そう付け加えずにはいられなかった。「台詞やしぐさをいちいち真似するクライエントの癖がうつってしまったようだ。これではどっちがカウンセラーだかわからない」

「でも、先生」と古柴仁美は言った。「今の話、ひょっとしたら根も葉もない作り話ではないかもしれませんよ」

「おいおい、きみまでそんなことを」私は困惑を隠せなかった。「いや、気をつかってくれなくてもいいんだ。彼の話は明らかに……」

「いいえ」古柴は真顔でかぶりを振った。「作り話と決めつける前に、わたしの話も聞いてください。さっきは小野寺さんという女性に見覚えはないと言いましたが、今はそうではないような気がするんです」

「そうではないというと？」

「わたし、見たんです。あの人の顔を」

「いつ？」私は半信半疑で古柴にたずねた。「どこで？」

「――昨夜、夢の中で」

「まさか」と私はつぶやいた。

「そう言わずに聞いてください、先生」古柴仁美は感情的な声で訴えた。「普段、わたしは自分の見た夢をあまり覚えていません。ですから、さっき受付で小野寺さんと話した時も、特に何とも思いませんでした。ところが、先生から妹尾さんの相談内容を聞いているうちに、だんだん不思議な感じがしてきたんです――なんだかこれと似たような場面を前にも一度、経験した覚えがあるような気がして」

「ありふれた既視感だ」私はがまん強く言い聞かせた。「気のせいだよ」

「わたしも最初はそう思いました。でも先生の話を聞けば聞くほど、その感覚が強くなって、やがてふと思い出したんです。昨夜見た夢の中で、小野寺さんとそっくりな顔をした女性とオフィスの受付で話をしたことを」

「馬鹿馬鹿しい！」私はたまらず首を横に振った。「いや、仮にきみがそう思ったとしても、実際にそういう夢を見たとは限らない。私の話を聞いているうちに、感情転移的な自己暗示にかかって、自分もそういう夢を見たと錯覚してしまっただけだ」

「それだけじゃありません」古柴仁美は私の忠告を無視して続けた。「わたしの夢には妹尾さんも出てきました。もちろん、夢の中では誰なのかわかりませんでしたが、待合室から外へ出ていく妹尾さんの後ろ姿を見送った記憶があります。といっても、わたしが見た夢はもっとぼんやりしていて、どちらが先だったのか、出来事の順番もはっきりしていませんが、妹尾さんに似た男性と小野寺さんに似た女性が、二人別々に待合室から出ていくところを見たのはまちがいありません」

「二人別々にか」私は好奇心を抑えきれず、話の続きを促した。「それで？」

「わたしの記憶はブツ切れで、あちこちに抜けがあります」と古柴は言った。「最初に言ったように、普段は目が覚めてから夢の内容をほとんど忘れてしまいますから、昨夜の夢も断片的な場面しか再現できないんです。毎晩同じ夢の続きを見るなんて、そんな器用なことはできません……。それから何の脈絡もなく場面が飛んで、次に思い出せるのは——そう、先生のデスクに載っているそのコーヒーカップです」

「これのことか？」私は飲みさしのカップを持ち上げた。

「はい。今ちょうどこうしているように、わたしは先生の向かいに座って何か話をしているんです。すると先生がコーヒーカップを持ち上げて、わたしの目の前に差し出しました。夢の中のわたしはカップを見てこんなふうにうなずき、それからふっと目を上げて、なんとなく窓の方へ視線を向けたんですが、そうしたら——ああ、やっぱり！　あの人たちがいるじゃありませんか！　ほら、あの二人がいたんです！　小野寺さんと妹尾さんが手をつないで！　窓の外をさっとかすめていきながら、二人ともすごく悲しそうな目つきで、わたしたちの方を見ていたんです！」

5

私はもう振り返ったりしなかった。古柴仁美の顔から目を離さず、コーヒーカップをそっとデスクに戻す。それから、できるだけさりげなく口を開いた。

「下手な芝居で驚かそうと思っても、同じ手には乗らないよ」

「あら、ばれてましたか」古柴はぺろっと舌を出した。「でも先生、途中までは信じていたんじゃありません？　けっこう目つきが本気でしたけど」

「そりゃそうだろう」私は精いっぱい体裁をつくろった。「親しい人間の口からいきなりあんな話を切り出されたら、誰だって困惑するものだ。とっさにこしらえた作り話だとしても、それにかこつけて何か精神的なストレスを訴えているのではないかと、本気で心配したんだよ」

「やっといつもの先生らしくなりましたね」古柴は愉快そうに言った。「ご心配には及びません。妙なクライエントに振り回されて、ずいぶん気落ちしているふうだったので、ちょっと発破をかけてみようと思っただけです。ばれたらばれたで、最初から笑ってすませるつもりでしたから」

「やれやれ。演技が素人なのも、承知のうえか」

「――あ、それで思い出したんですけど」

古柴仁美は事務服のポケットから四角い紙片を取り出して、私によこした。凝ったデザインの名刺で、「演劇集団MASQUE　演出家　能見トキヲ」と書いてある。事務所の所在地は、このビルの十三階になっていた。

そういえば、一階ホールの掲示板にMASQUEという英語のオフィス名が出ているのを見た覚えがある。だいぶ上の階なので今まであまり気にしていなかったが、あれは劇団の事務所だったのか。

「この名刺はどこで？」

「さっき先生が出ていった後、待合室の床に落ちているのを見つけたんです」

と古柴が説明した。私は名刺をためつすがめつしながら、

「妹尾裕樹がこいつを落としていったということか？」

「あるいは、小野寺美月さんの持ち物かもしれません」

「ふむ」私は名刺の角であごの先を掻きながら、古柴仁美にたずねた。「このMASQUEという劇団は有名なのか？」

「それなりに人気があるんじゃないですか」と古柴は答えた。「お芝居のことはよく知りませんが、わたしでも名前ぐらいは聞いたことがありますから」

「能見《のうみ》トキヲという演出家が、妹尾裕樹と名乗ってここに来た可能性は？」

「それはないと思います」古柴の返事は早かった。「あんなに若くはないですよ」

「だろうな」

私は妹尾裕樹とのやりとりを思い出し、自分が早とちりをしていたことに気づいた。彼はこのビルの十三階を訪ね、そこに何とかいう小劇団の事務所兼稽古場があったと述べている。たしかにそれは事実だったが、私はその時点で妹尾の話が「夢判断」の剽窃ではないかと疑い始めていた。コリアの小説には、演劇仲介業者のオフィスが出てくるので、彼もそのエピソードを拝借したにすぎないと思い込んでいたのである。

だが、妹尾裕樹があえて実在の劇団事務所に触れたのは、彼がMASQUEの関係者であることを示唆しているのではないだろうか？　人はまったく何もないところから嘘をこしらえることはできない。どんなに根も葉もない作り話であっても、どこかに真実の芽が隠れているものである。

「――どうやら舞台裏が見えてきたようだ」頭の中のもやが晴れていくのを感じて、私はおもむろに沈黙を破った。「名刺を落としたのが二人のどちらであっても、事情は変わらない。妹尾裕樹と小野寺美月は、二人がかりで私たちをかつごうとしたんだ」

「まさか、ドッキリか何かですか？」古柴仁美は目を丸くして、室内を見回した。「どうしましょう。万一このオフィスに、隠しカメラでも仕掛けられてたら……」

「ドッキリではないだろう」私はあわてふためく古柴を落ち着かせた。「あれはたぶん、何も知らない第三者を審査員に仕立てたオーディションだと思う」

「オーディション？」

「劇団員になるための演技力テストといってもいい。現実にはありえない奇怪な夢の話を心理カウンセラーに聞かせて、ほんの一瞬でもその状況をリアルに感じさせることができるかどうか――それが入団資格を得るための条件だった。妹尾裕樹の芝居を真に受けて、私が窓の外を振り返った瞬間に、彼の合格が決まったということだ。『夢判断』をテキストに選んだのは、たまたま同じビルの二階に私のオフィスがあったからだろう」

「後から来た小野寺美月の役割は？」

「そこはちょっと微妙だな」と私は言った。「これは想像にすぎないが、オーディションの筋書きは二パターン用意されていたのではないか。私がコリアの小説を読んでいなかった場合は『夢判断』のオチと同じように、後から来た小野寺美月が最後の仕上げをすることになっていたんだろう。サポート役というより、一石二鳥で彼女の演技力もテストするつもりだったのかもしれない。ところが、私は『夢判断』を読んでいたから、早い段階でクライエントの相談内容に疑念を抱いた。それを察した妹尾裕樹は、あらかじめ用意されていたもうひとつのパターン――彼ではなく、女の方がビルから墜落するストーリーに切り替えて、オーディションを続行したというわけだ」

「ずいぶん傍迷惑なオーディションですね」自分のことは棚に上げて、古柴は眉をひそめた。「でも、そのやり方には穴がありません？　相談室にカメラを仕掛けていたら別ですけど、先生が実際に振り返って窓の外を見たかどうか、その場にいない人間には確かめられないでしょう。合格か不合格か決めようとしても、妹尾裕樹の自己申告だけでは全然信用できませんよ」

「いや。この部屋にいなくても、私の反応は確認できた」

「どうやって？」古柴仁美は首をかしげた。

「妹尾が窓の外を指さして、彼女が落ちていくのを見たと言った直後、私はとっさに窓を開けて顔を出し、表の歩道に異状がないか確認したんだ。その時、向かいのコンビニの前で、若者が立ち話をしているのが目に入った。私から見えたということは、向こうからもこっちの顔が見えていたはずだ。おそらく、あの二人はＭＡＳＱＵＥに籍を置く劇団員で、入団希望者の合否を判定するためにずっとそこで待機していたにちがいない。私が窓を開けて、真下の歩道に目をやった瞬間に、妹尾の合格は決定していたんだよ」

「よくもまあ、そんな面倒くさいことを！」古柴はあきれたように言った。「よっぽど暇なんでしょうか？　でも、それは先生の想像ですよね。コンビニの前にいた若者がＭＡＳＱＵＥの劇団員だという証拠もありませんし」

「それはそうだが、確かめることは不可能じゃない」私は自分の考えに夢中だった。「今から十三階まで足を運んで、劇団の事務所をのぞいてみようと思うんだ。いや、その前に最上階の人材派遣会社にも顔を出しておこうか。小野寺美月という女性社員がそこに勤めているかどうか、聞いてみても損はないだろう」

「どうせ教えてくれませんよ。個人情報の保護がどうとかで」

古柴は気乗りしないようだったが、私はにやりと目を細めて、

「存在しない人物の個人情報なら、保護する必要はないんじゃないかな。彼女がその社員でないとわかれば、連中が劇団の関係者である可能性も高くなる。もし私の想像通りだとすれば、コンビニの前にいた二人も含めて、今ごろ事務所で妹尾裕樹の合格祝いをしているにちがいない。間抜けな審査員役を務めた私も、そこに加わる資格があるはずだ」

「先生も物好きですね」古柴はため息をついた。

物好きというより、負けず嫌いというべきだろう。何の説明もなく、妙な茶番に付き合わされて、そのまま蚊帳《かや》の外に放置されるのは気に食わない。本来なら菓子折のひとつも携えて、挨拶に来るのが筋ではないか。思わず口から出かかった文句を呑み込んで、私は椅子から立ち上がった。古柴も腰を浮かせながら、心配そうに眉を寄せて、

「気持ちはわかりますが、あまり深入りしない方がいいんじゃないですか」

「何かまだ気になることでも？」

「いえ、ちょっと頭に浮かんだだけで――」古柴は少し言いよどんだ。「先生をおびき出すために、わざと名刺を残していったのかもしれないと思ったんです」

「私をおびき出す？　いったい何のために？」

「そう言われても、ふっと頭に浮かんだだけですから」

古柴仁美は肩をすくめるしぐさをした。彼女の困ったような表情に、なんとなく見覚えがある。しぐさや顔つきだけではない。前にどこかで、これと同じ会話をかわしたこ

とがなかったか？　急にそんな気がして、頭の中が冷たくなった。

「止めはしませんけど、くれぐれも気をつけてくださいね」

私は金縛りにあったみたいに立ちつくしていた。そんな私の横を音もなくすり抜けて、古柴仁美が背後の窓に近づいた。昇降コードを引っぱって、窓のブラインドを下ろす。すっと室内が暗くなり、紗《しゃ》がかかったように彼女の輪郭もおぼろになった。

「——どうしてブラインドを下ろすんだ？」

「だって」と影絵のような女が言った。「先生が窓の外を落ちていくところなんか、見たくありませんから」

細断されたあとがき◉3

この小説は「文芸カドカワ」二〇一七年一月号に発表した。「文芸カドカワ」は電子版オンリーの雑誌だったので、本書（の単行本版）で紙の本デビューを飾ったことになる。

ジョン・コリアの「夢判断」（村上啓夫訳）をモチーフにした小説で、原作は『炎のなかの絵　異色作家短篇集7』（早川書房）に収録されている。「オマージュ連作」に仕立てるために、作中でネタを明かしてしまったけれど、こういう書き方ではオリジナルの凄みは伝わらないだろう。

摩訶不思議なマジックを見せられたような短編で、初めて読んだ時は文字通り、開いた口がふさがらなかった。いったいどうやってこんなアイデアを思いついたのだろうか？　予想の斜め上を行くというのは、まさにこの結末のことである。

一編のショートショートとして完璧に閉じた作品なので、どう考えても続編や別解が成立する余地はないのだが、頭ではそうとわかっていても、このシチュエーションには想像力を刺激してやまない魔力がある。屋上屋を架すにすぎないことは承知のうえで、とにかく窓の外に目を向けるたび、落ちてくる人物が替わるという話を書いてみたかった。終盤に謎解きの場面を入れたのは、本格ミステリ作家の意地みたいなものである。

ラストは一人称の語り手である「私」が落ちてくる自分を目撃する、という形で締めたかったが、この設定でそこまで書くとやりすぎになるだろう。夢オチ風のほのめかしで、切り上げることにした。

対位法

彼は二、三日前にその小説を読みはじめた。最初の章でつまずいて一度読むのを中断していたが、その夜、寝室のベッドで彼の妻がこちらに背を向け、じきにすやすやと寝息を立てはじめてから、ふいにその小説の一場面が頭をよぎった。なぜその場面を思いだしたのか、自分でも判然としなかった。それでも覚えのあるいくつかの文章の断片が、すばやい川魚の群れみたいに意識の底を泳ぎまわっていた。急に物語の筋と人物描写が気にかかって、じっとしていられなくなった。妻を起こさないよう、気配を殺してベッドから抜けだすと、暗闇の中でスリッパに爪先を突っこみ、すり足で寝室をあとにした。寝室の隣りは彼の書斎で、同じ壁の表と裏で接しているが、廊下に出ないと行き来できない。それぞれのドアの間には、忍び足で六歩ほどの距離があった。洞穴のように暗い書斎には、日中の熱を含んだ空気がしつこく居すわっていた。家の裏手に面した窓を開けると、ひんやりした夜気に混じって、金木犀《きんもくせい》の花の香りが漂ってくる。部屋の明かりは消したまま、読書スタンドを点灯し、目当ての本がそこにあるのをたしかめた。窓の外にはタールを塗りたくったような夜が広がっていた。お気に入りの古いジャズを低い音量で流しながら、愛用の椅子にゆったりともたれかかった。ドアに背中を向けて小説の続きを読みはじめると、罪深い愉しみにふけっている気分になった。ページをめくるたびに周りの現実が、わが身にまつわるしがらみや雑念が遠のいていく。壁をへだてた寝室で眠っている妻のことも忘れて、フィクションの世界に引きこまれた。

物語の主人公は脚本家志望の青年で、偶然のきっかけから演技派として名高いベテラン女優と知り合う。彼女は自分のために書かれた未完のシナリオに手を入れて、新しい生命を吹きこんでくれる若い才能を探しもとめていた。彼女のもとに足しげく通ううち、青年は風の精のような新人女優と出会い、またたく間に恋に落ちる。相手はもともとベテラン女優の付き人をしていた娘で、業界関係者にスカウトされ、スターへの階段を上りはじめたところだった。ベテラン女優のコネと後押しがなければ、チャンスにも恵まれなかっただろう。人目を忍んでつき合いだした二人にとって、彼女は絶対に裏切ることのできない恩人だった。その期待に応えるべく、青年もシナリオの改稿作業に全身全霊を注いだ。誤算があったとすれば、オリジナルの脚本が二十年前に書かれていたことである。風の精さながらに生まれ変わったヒロインは、過去の自分にしがみついているベテラン女優より、元付き人の新人女優が演じるにふさわしい役柄だった。世間知らずの青年は、自分のしたことが何を意味するかわかっていなかった。シナリオ完成から数週間後、恋人の口から悪質ないやがらせに悩まされていると聞かされるまで。明らかに内情に通じた人間のしわざで、最近は身の危険を感じるほどエスカレートしているという。犯人の正体に気づいて青年は狼狽《ろうばい》した。その場で問いつめられ、二人がつき合いはじめる前、ベテラン女優と何度か寝たことを告白した。恋人もそれを察していたようで、今さら青年を責めたりはしなかった。だが、二人の前途には暗雲が立ちこめていた。ベテラン女優は自分を裏切った人間をけっして許すまい。彼女を本気で怒らせたら、二人ともこの世界では生きていけないだろう。やがて新人女優は思いつめた表情で青年に告げた。あの女を殺すしかない……。

彼女は寝入っているふりをしながら、寝室から出ていく夫の足音に耳を澄ました。目をつぶっているだけで、いっこうに眠気を感じない。隣りの部屋のドアを開け閉めする音に続いて、壁ごしにいつものジャズの旋律がとぎれとぎれに聞こえてきた。廊下に続くドアの方を向いた足の裏がむずむずした。彼女はその曲が好きではなかった。夫の書斎にもずっと前から立ち入っていなかった。もう五年近く禁煙しているのに、黄ばんだ壁紙には今でもタバコの臭いが染みついている。あんな壁紙、全部はがしてしまえばいいのに。彼女は暗闇の中でため息をつくと、ベッドサイドのランプをつけ、読みかけの小説を手に取った。二、三日前から、仕事の出先や移動中の空き時間を見つけて、少しずつ読みすすめていた。筋立てはよくあるメロドラマなのだが、妙に身につまされるところがあって、続きが気になって仕方がない。目がさえて眠れそうにないので、その夜のうちに読みきってしまうつもりだった。ベッドにうつ伏せになり、読書ランプの下で本を開くと、まだ子供だった頃、読んではいけない大人の小説を隠れて読んだことを思いだし、罪深い愉しみにふける気分を味わった。夢中になってストーリーを追っていくうちに、場面場面のイメージが現実味を帯び、作中人物の声やしぐさを身近に感じた。

もう壁ごしのジャズの旋律も気にならなかった。物語の登場人物の中で、彼女は身勝手な若者たちに裏切られた年上の女に感情移入していた。女はキャリアを積んだ演技派女優で、日ましに肉体的魅力が衰えていくことに恐れを抱いている。女優の夫はそれなりに名を知られた劇作家だったが、次々と話題作を発表し、主演女優と電撃結婚してメディアの注目を浴びたのはもう二昔も前のことだ。結婚後はずっとスランプが続いて、めぼしい仕事はしていない。たまに知人の劇評を書くぐらいで、かつての仕事仲間たちからも女優として活躍する妻に寄生するヒモ呼ばわりされていた。ふがいない夫に失望しながら、夫婦の縁を切れなかったのは、専業主夫を養っているような優越感のせいだったかもしれない。

だからこそ目をかけていた女優志願の付き人に、彼が手を出していると知ったときの屈辱は大きかった。昔の自分を重ねたくなるような、見どころのある娘だと思っていただけに、女としてのプライドを傷つけられた気がした。だとしても若い付き人を責めれば、負けを認めることになる。浮気相手を夫から遠ざけるため、プロの女優として独り立ちできるよう手を回したのは、演技派女優としての精一杯の見栄だった。作戦は図に当たり、新人女優の育ての親というメディア向け美談まで手に入れた。次にやるべきことは、夫への仕返しだった。かつて彼が書きかけのまま放棄した未完のシナリオを、脚本家志望の青年の手に託すことにしたのだ。経験豊富な演技派女優にとって、世間知らずの青年を手なずけるのはたやすいことだった。リライト作業が進むにつれ、女は青年の才能が本物であることをひしひしと感じた。親しい映画監督に新しいシナリオの一部を見せると、望外の反応が得られた。ところが完成稿を手にしたとたん、映画監督は女との約束を反故《ほご》にして、元付き人の娘を主演女優に指名したのだった。それだけならまだしも、秘蔵っ子の青年は密かに元付き人とつき合っているという。嫉妬に狂った女は、新人女優に脅迫めいたいやがらせをくり返し、弱みを握るため人を雇って身辺を探らせた。じきに思いがけない秘密が明らかになった。恩知らずの元付き人は、とっくに手が切れていると思われた夫と未だに関係を続けているらしい。女はようやく事態の深刻さに気づいた。一連のできごとは、全部あの男が仕組んでいたのではないか……。

彼は本を読みつづけた。物語は佳境に入っていた。彼は追いつめられた若い男女がひとけのない夜の公園で、ベテラン女優の殺害を準備する場面に立ち会った。張りつめた会話が何ページも続いた。すべてが宿命によって定められているように思われた。青年は恋人の手から複製の鍵とナイフを受け取り、細部まで練りあげた犯行計画をおさらいした。現場への侵入経路やセキュリティ装置の解除方法は、付き人時代に仕入れた知識でまかなえた。青年のアリバイも、恋人がしっかり保証することになっていた。犯行時刻、二人は痴話げんかの最中で、激昂した青年にひどく殴られたと警察に証言する手はずだった。一人二役の修羅場シーンを実演する新人女優を、青年は暗い目で見つめた。そのしぐさと台詞《せりふ》まわしには、どうしても殺さなければならないあの女の影がまとわりついていた。若い女の手がやさしく頬をなで、熱い抱擁をかわす間も、青年の目は暗いままだった。やがて二人は夜の公園から、別々の方向へ歩みさった……。

彼女も本を読みつづけた。もつれ合った男女関係は、徐々に破局に近づいていた。暗い目をした青年は、心の底で新人女優を疑いはじめているように思われた。章が変わり、彼女の抱いた印象は裏づけられた。夜の公園で落ち合う前、青年は一通の封書を受け取っていた。差出人不明の速達で、封を切ると一枚の写真がすべり落ちた。今の髪型をした恋人とベテラン女優の夫が親しげにしているところを隠し撮りしたスナップだった。裏側に芋虫が這ったような字で、あなたは騙されていると書いてあった。もしこれが本物なら、と青年は思った。自分は都合のいい道具として操られているだけではないか。あの女を殺せば、新人女優は晴れて独り身になった劇作家と一緒になれる。アリバイ証言をしてくれる約束も当てにならなかった。いやがらせの話だって、自作自演の狂言かもしれない。青年はシナリオ改稿のうち合わせでベテラン女優の家を訪ねたとき、一度だけ見かけた夫の顔を思いだした。血走った眼が、網を張って愚かな獲物を待ち受ける蜘蛛《く　も》みたいだった。一連のできごとは、全部あの男が仕組んでいたのではないか。だとすれば、これから殺しに行く相手はベテラン女優ではなく、その夫である劇作家でなければならない……。

本のページをめくるスピードが速まった。物語はいっそう紛糾し、主人公は最後の決断を迫られていた。青年に密会写真を送ったのは、ベテラン女優にちがいなかった。以前あの女の口から、付き人時代の恋人と夫の関係を疑ったことがあると聞かされたのを覚えていた。その話自体、ベテラン女優の被害妄想だったかもしれない。写真の捏造ぐらい、その気になれば簡単にできる。だが夜の公園で落ち合ったとき、青年は恋人を問いつめることができなかった。写真を見せた瞬間に、あらゆる夢と希望がつい去ってしまう予感がした。恋人の顔をじっと見つめ、その表情の背後にひそんでいる真実を読みとろうと努めたが、夜闇を照らす公園灯の下に浮かびあがるのは、ベテラン女優の日常から演技の基礎を学んだ愛弟子《まなでし》の姿だった。青年は二人の女のどちらが虚像で、どちらが素顔なのか見分けがつかなかった。あるいは、両方とも虚像なのかもしれない。いずれにせよ、選択肢は二つにひとつだった。この状況を作りだした悪意の源は、ベテラン女優のプライドにこだわる妻か、劇作家として挫折を味わった夫か。たとえどんな結末が待っていようとも、愛する恋人をジレンマから救いだしてやりたかった。ふいに内なる声が青年の迷いを断ちきった。夫と妻のいずれが報いを受けるべきか、答えは自明であるように感じられた。あとは行動に移すのみだった。今夜のうちにケリをつけなければならない……。

残されたページはあとわずかだった。物語に完全に没入して、印刷された文章からかたときも目を離すことができない。目ざす屋敷にたどり着くと、タールを塗りたくったような夜闇の中に、金木犀の花の香りが漂っていた。青年は恋人に教えられた暗証コードを入力して、セキュリティ装置を解除した。屋敷の裏手から二階の窓を見上げると、どこかで聞いたことのある古臭いジャズの旋律が耳に届いた。曲名は思いだせなかった。

恋人から預かった合い鍵で裏口を開け、静かに屋内に忍びこんだ。家の中は真っ暗だったが、青年は間取りを覚えていた。一階の廊下を通りぬけ、玄関側のホールの階段を上った。滑り止めのカーペットが青年の足音を消した。階段を上りきって二階の廊下を進むと、六歩ほどの距離をへだてた二枚のドアが目に入った。ひとつは夫婦の寝室に、もうひとつは夫の書斎に通じている。どちらの部屋もドアの下の隙間から、かすかに光が洩《も》れていた。青年は懐からナイフを取りだし、刃の向きを確認してしっかり握りこんだ。目ざすドアのノブに手をかけ、音を立てないようそっと回す。室内に踏みこむと、読書灯の光をさえぎる格好で、一心に小説を読んでいる人物の頭部が……。

そのとき、隣りの部屋からくぐもった悲鳴が聞こえた。

細断されたあとがき◉4

「文芸カドカワ」二〇一七年九月号に発表した小品で、アルゼンチンの作家フリオ・コルタサルの「続いている公園」（木村榮一訳）を下敷きにしている。「続・夢判断」と同様、本書（の単行本版）に収録されたのが紙の本デビューである。

「続いている公園」は『遊戯の終わり』（岩波文庫）の巻頭に収められた二ページちょっとの掌編。公園に面した書斎で本を読んでいた男が作中人物に背後からナイフで襲われる、というメタミステリの精髄のような作品である。佐々木敦氏の『あなたは今、この文章を読んでいる。パラフィクションの誕生』（慶應義塾大学出版会）で、フレドリック・ブラウンの「うしろをみるな」（夏来健次訳『厭な物語』／文春文庫収録）と並べて論じられていたのは記憶に新しい。

「続いている公園」の図式は「アキレスと亀」のパラドックスを思わせるところがあって、コルタサルの書き方だと、アキレス（殺人者）は亀（読者）に永遠に追いつけない。そこで私は読者を二人用意して、撚《よ》り合わせた物語にリドルストーリー風の結末をつけてみた。リドルストーリー風といっても、「どちらが襲われたか？」を問うことに意味はない。アキレスが亀に追いつく瞬間を記述することが本編の主眼だから。

ついでながら、『パラダイス・モーテル』(創元ライブラリ)や『ミステリウム』(国書刊行会)で知られるカナダの奇想作家エリック・マコーマックが、「フーガ」というコルタサルへのオマージュ短編を書いている(増田まもる訳『隠し部屋を査察して』/創元推理文庫収録)。「対位法」というタイトルは、それに引っかけたものだ。

ちなみにコルタサルの短編では、「南部高速道路」(木村榮一訳『悪魔の涎・追い求める男 他八篇 コルタサル短篇集』/岩波文庫収録)が絶品である。ああいう小説が書けたらいいなと昔から思っていたけれど、私には逆立ちしても無理だろう。

まよい猫

1

三月初旬にしては、暖かい日だった。ぼくは朝から事務所に腰をすえ、秘書のピンカートン嬢ととりとめのないお喋りをしていた。

ピンカートン嬢はよくできた秘書で、ぼくのくだらないジョークや愚痴にとことん付き合ってくれる。チャーミングなルックスと声で依頼人に好印象を与えるし、暇つぶしに脇の下をくすぐっても、セクハラだと言って騒ぎ立てたりしない。毎日の食費を勘定に入れなければ（彼女は少食だ）、給料だってタダに等しい。

おまけに、ぼくよりはるかに繊細で、周囲の気配に敏感な神経の持ち主だ。

「――オ客様ノヨウデスヨ」

ピンカートン嬢の声を合図に、ぼくはあわてて自分の席に戻った。デスクのノートパソコンを起動し、忙しくしているようなポーズを作る。エレベーターの停まる音が聞こえてから、来客用のドアが開いて、二十代後半ぐらいの女性が入ってきた。

今週初めての依頼人である。その前に報酬を受け取った仕事の日付は、当社の企業秘密なので、税務署員以外にはお教えできない。

「イラッシャイマセ、どりとる探偵社ヘヨウコソ」

ピンカートン嬢の第一声に、たいていの依頼人は目を丸くして、

「まあ、なんて賢いオウムかしら!」

と驚きの声を上げたり、

「録音したテープを流してるんじゃないの?」

と言って、鳥カゴの中をのぞき込んだりする。

ぼくはお客のリアクションに合わせて、ピンカートン嬢とのなれそめを語り、動物とのコミュニケーションにたけていることをさりげなくアピールする。そうやって依頼人の心をほぐし、信頼と共感を得たところで、スムーズに仕事の話に移る——というのが、迷子のペット捜しの商売を始めてからのお決まりのパターンだった。

ところが、今日の依頼人の反応はちがった。

腹ぺこの猫みたいな目つきでピンカートン嬢をじっと見つめると、ほんの少し口を開いて、舌なめずりするような顔をしたのだ。

「おいしそうだな」

という声が聞こえたような気もするが、きっと空耳だろう。営業用のスマイルを浮かべて、彼女に椅子を勧めながら、依頼人の身なりを観察する。

彼女の外見には、いささかエキセントリックなところがあった。丈の長いフェイクファーのコートをまとっているけれど、その下に着ているのは、どう見てもスウェットの上下である。くすんだピンク色で、あちこちに動物の毛らしきものがくっついていた。

顔にはメイクの跡が見られないし、髪もくしゃくしゃで、足元はゴムサンダルだった。

きちんと身だしなみを整えれば、ルックスはかなりいい線行ってると思うのだが、なんだか寝起きのまま、とりあえずコートだけ羽織って家を飛び出してきたように見える。

ぼくはエヘンと咳払《せきばら》いしてから、

「迷子のペットをお捜しですね。起き抜けの朝一番に、いなくなったのに気づいたんでしょう。急いでコートを引っかけて、家の周りを捜し歩き、それでも見つからないので、一刻の猶予もならず、その足でこの事務所へ駆け込んだ。そうじゃありませんか？」

腹ぺこの猫みたいな目つきをしているのは、朝食を食べそびれたからだろう。優秀なペット探偵にとって、これぐらいの推理は朝メシ前だ。

「急いでここへ来たのは、正しい判断でしたね。いなくなってすぐなら、見つかる可能性も高くなります。お捜しのペットは猫ですか、犬ですか？　服にくっついている毛の感じからすると、猫じゃないかと思うんですが……」

「ちがうよ、きみ」

彼女はつっけんどんに、ぼくの話をさえぎって、

「わたしが捜しているのは、ニンゲンだ」

耳に入った言葉がうまく変換できなくて、一瞬の間が空いた。

「すみません。今、人間とおっしゃいましたか」

「さよう。ニンゲンの雌で、わたしの飼い主だ」

「――あなたの飼い主？」

「そう言ったではないか。きみが指摘したように、けさ部屋から忽然《こつぜん》と姿を消してしまったのだ。待ちたまえ、ここに写真がある」

声質はハスキーなアルトだが、完全に中年男性の口調である。ポーチの中からパスケースを引っぱり出し、運転免許証が見えるようにデスクに置いた。

真田《さなだ》ちひろ。昭和五十五年生まれ。

住所は、この事務所の近所にある賃貸マンションだった。ペットOKのマンションで、以前そこの住人に頼まれて、迷子の猫を捜す手伝いをしたことがある。

そして免許証の写真は、目の前の椅子にふんぞり返って坐っている、いささかエキセントリックな女性の顔と寸分たがわぬものだった。

2

市の保健所勤めがどうしても性に合わなくて、辞表を出した後、ペット捜し専門の探偵社を開業してから、かれこれ五年になる。

その五年間に、風変わりな依頼を引き受けなかったわけではない。ヤクザの親分が命より大事にしているフェレットを捜し出したり、舌をかみそうな名前の研究所で飼われていた五十四のコウモリの集団失踪事件を解決したこともある。

水商売のオカマさんや、性同一性障害の依頼人が訪ねてきたこともあるけれど、今日のお客はそういうタイプともちがうようだ。

　ぼくは免許証から目を上げて、おそるおそるたずねた。

「これは、あなたの写真ではないんですか」

「失敬な！　わたしの飼い主だと言ったはずだ」

「だとしたら、あなたの姉妹か、親戚の方の？」

「なんべん言ったらわかるんだ。これはニンゲンの雌で、わたしとは種がちがう」

「なるほど。種がちがうんだそうだ」

　困惑が顔に出ないよう注意しながら、ピンカートン嬢に援護を求めた。ピンカートン嬢は肩をすくめるみたいに、鳥カゴの中で羽を上下させて、

「迷子ノぺっとヲオ捜シナラ、どりとる探偵社へ。タダシ、人間ノ調査ハオ断リ」

　と叫ぶ。ぼくはもっともらしく秘書の言葉にうなずいて、

「ということなんです」

「何が？」

「はあ？」

「何が『ということなんです』なのか、と聞いたのだ」

「ですから、ええと——失礼ですが、お名前は？」

「ユキムラだ」

　彼女はぶっきらぼうに答えた。

「冬に降る雪の雪村さん？　それで、下のお名前は」

ぼくが辛抱強く質問を重ねると、彼女は首を横に振って、

「冬に降る雪など関係ないし、下の名前もない。ただのユキムラだ」

「ただのユキムラと言われても」

「ユキちゃんとか、ユッキーと呼ばれることもある」

向こうはずいぶん譲歩したつもりなのかもしれないが、全然、参考にならない。ぼくは免許証の苗字をもう一度確認した。

真田……ユキムラ。

——まさか。

「せっかくお越しいただいたのに、申し上げにくいことなんですが」

ユキムラさんにパスケースを返しながら、ぼくは口調をあらためて、

「わが社は行方不明になった動物の捜索が専門で、人捜しの依頼はお引き受けできないんです。国の法律とか、市の条例とかの制限がありまして」

「それはそっちの都合だろう。わたしの知ったことではない」

「でも、失踪人の捜索は警察の仕事です。もし表沙汰にできない事情がおありなら、普通の探偵社や興信所へ行かれた方がいい。うちでできるのは、迷子のペット捜しのお手伝いだけ。表の看板にも、そう書いてあるはずなんですけどね」

「ドリトル探偵社、という看板のことか」

ユキムラさんはしたり顔で言う。

「まったく、物分かりの悪い男だな。そもそもドリトルというのは、動物と話のできるニンゲンのことだろう」

「それは一種のたとえというか、イメージを借りているだけで……」

「謙遜する必要はないよ。わたしの友人も、以前きみの世話になったことがあると聞いている。普通の探偵社や興信所へ行っても、お互いにコミュニケーションが取れるかどうかわからない。きっと門前払いを食わされるだろう。だからこそ、わたしは話の通じるニンゲンを求めてここへ来たんじゃないか」

「とても話が通じているとは思えないんですが」

ぼくが小声で異議を唱えると、ユキムラさんは勝ち誇ったように、

「現にこうやって種の壁を越えて、話をしているではないか！　きみ以外のニンゲンが相手なら、そうは行かないはずだ」

ちっとも嚙み合わない会話を続けているうちに、ぼくにも少しずつ事情が吞み込めてきたような気がする。どうやらこのユキムラと自称する女性は、見かけ以上にエキセントリックな妄想に取り憑かれているようだ。

「ひとつ確認してもいいでしょうか？　さっきからお話をうかがっていると、あなたはご自身が人間ではない、と主張しているように見受けられるんですが」

「だから、最初からそう言っているではないか！」

堪忍袋の緒が切れたらしい。ユキムラさんはいきなり声を荒らげ、身を乗り出してデスクにこぶしをたたきつけた。

その剣幕に驚いたピンカートン嬢が、鳥カゴの中で激しくはばたいて、

「キンキュー事態発生！　キンキュー事態発生！」

と、この世の終わりを迎えたように連呼する。

事務所の中の空気が、いっぺんに張りつめた。

でも、ここはビジネスの場で、法廷やディベート大会の会場ではない。ぼくは立ち上がって鳥カゴの前まで行き、ピンカートン嬢をやさしくなだめてから、

「お騒がせしました」

とユキムラさんに告げた。

「うちの秘書はとても繊細で、敏感な神経の持ち主なんです。それともうひとつ。あなたはどこから見ても、立派な人間の女性にしか見えません」

「――何だって？」

ぼくの指摘に、ユキムラさんは初めて不安そうな表情を見せた。何か思い当たることがあったのかもしれない。

「今きみが言ったことは、本当か」

「本当です。嘘偽りありません」

ぼくは自分の席に戻り、デスクの抽斗《ひきだし》を開けた。ユキムラさんは借りてきた猫のようにおとなしくなって、ぼくの動作をじっと見つめていた。

抽斗の中に、電気シェーバー用のフェイスミラーが入っている。鏡を取り出して、表面の曇りをさっと拭《ぬぐ》い、ユキムラさんの前に立てた。

「ご覧なさい」

ユキムラさんは言われるままに、鏡に映った自分の顔とにらめっこを始めたが、やがてばつの悪そうなため息を洩《も》らして、

「けさ目が覚めたときから、なんとなく体の調子がおかしいと思っていたが、そうだったのか！　いや、きみにはたいへん失礼なことをした。どうやらわたしの体は——飼い主と入れ替わってしまったようだ」

3

ユキムラさんの口から筋の通った発言が出たのは、それが初めてだった。もちろん、発言の内容はとても信じがたいものだったけれど、少なくともここへ来てからの彼女のふるまいに、首尾一貫した説明がつけられる。

ぼくはこう見えて、そういう首尾一貫性が嫌いではない。

常識的に考えたら、木の芽時になって、おかしな妄想に取り憑かれた患者が現れたと、

最寄りの病院に連絡するのが適切な対応だろう。しかし、いやしくもペット探偵をなりわいとする人間が、ユキムラさんのような苦境に陥った依頼人をすげなく追っ払ってしまうのは、なんというか、動物への愛情を否定するに等しい行動ではないだろうか？

それにもうひとつ、忘れてはいけないことがある。

彼女は今週初めての依頼人だった。

しかも、今日は土曜日なのである。

鳥カゴの方へ目を向けると、ピンカートン嬢はどうやらへそを曲げてしまったらしく、そっぽを向いてだんまりを決め込んでいる。長年連れ添ったかわいい秘書だが、たまにはやきもちを焼かせてみるのも悪くない。

そこまで考えてから、ぼくはおもむろに口を開いた。

「現在の状況を整理してみましょう。あなたの体は見かけ上、飼い主の真田ちひろさんのものだけれど、そこに宿っている魂は別の存在、すなわち彼女が飼っているペットのユキムラさんだということですね」

「そういうことになる。ああ、申し遅れたが、本来のわたしは猫だ」

ユキムラさんは、あわててそう付け加えた。さっきまでの威張りくさった態度も、すっかり影をひそめている。ぼくはニヤリとしながら、

「だろうと思いました。その一方で、あなたの本来の体には、おそらく真田ちひろさんの魂が入っている、と。それが今朝、忽然と姿を消してしまったわけですか」

ぼくが念を押すと、ユキムラさんは神妙な面持ちで、

「きみの言う通りだ」

「なるほど。そういう事情なら、この仕事をお引き受けできるかもしれません」

色よい返事を聞いて、ユキムラさんの顔がぱっと明るくなった。

「引き受けてくれるのか？　ありがたい。心より感謝する」

「ただし書類の上では、飼い主の真田ちひろさんから依頼を受けたことにします。捜索の対象は、飼い猫のユキムラ。こうしておけば、手続き上の問題は生じません」

前例はないけれど、たぶんこれが一番ふさわしい対応だろう。

魂の問題は抜きにして、シンプルに考えれば、おのずとそういう結論になる。依頼人の打ち明け話がいささか常軌を逸しているとしても、捜す対象が行方不明の猫であることに変わりはない。ぼくは自分の仕事をするだけだ。

ユキムラさんも自分の置かれた立場をわきまえたように、

「飼い主を見つけてもらえるなら、形式にはこだわらない」

「では、それで話を進めましょう。依頼の内容をパソコンに記録するので、さっきお返しした免許証を、もう一度見せてもらえますか？」

ユキムラさんに否やはない。ぼくはパソコンの登録画面に、真田ちひろのデータを入力してから、

「次はユキムラさん、あなたに関するデータが必要です。まず性別と年齢を」

「オス猫だ。年齢は八歳になる」

人間の年齢に換算すると、およそ四十代後半というところか。ぼくより一回り年上だから、口の利き方には気をつけよう。

「毛色や外見の特徴は？」

「と言われても……」

ユキムラさんはおぼつかなげに首をひねった。自分の姿を客観的に表現することに慣れていないのだろう。ぼくは助け舟を出してやった。

「そのポーチの中に、携帯電話がありませんか？」

「ケータイ？　んんん……これのことかな」

「それです。ちょっと拝借して、中を見せてもらいますよ」

愛猫家の女性は、携帯の待ち受け画面を飼い猫の画像にしていることが多い。少なくとも、うちにやってくる女性の依頼人のほとんどがそうである。

真田ちひろもその例外ではなかった。携帯を広げると、生意気そうな顔をした、茶色いキジ猫のアップが目に飛び込んでくる。

「これがあなたの本来の姿でしょうか」

ユキムラさんはしげしげと画像をのぞき込んで、

「こんなに小さくはないが、色と形はたぶんこういう感じだと思う」

「きりっとした顔ですね。それにヒゲがぴんとしている」

「お世辞でもそう言ってもらえると、とてもうれしい」

ユキムラさんはまんざらでもなさそうな顔をした。存在しないヒゲをなでつけるようなしぐさまでしたのは、照れ隠しのためだろうか？

顔のアップだけでは足りないので、真田ちひろの携帯を操作して、フォトフォルダの画像をチェックした。ユキムラさんの了解を得ているとはいえ、個人のプライバシーを侵害しないよう、猫以外の写真には極力、目を向けないようにする。

猫の画像だけでも、三十枚以上あった。捜索対象の外見の特徴とおよそのサイズをつかんだところで、携帯を返し、さらにユキムラさんに質問を続ける。

「お宅では、室内飼いですか？　それとも外に出られる？」

「完全なインドア派だ。天気のいい日には、ベランダに出してもらえるが」

「ご兄弟、あるいは同居猫は？」

「わたしひとりだ。四人兄弟の末っ子だったが、血を分けた家族とは生まれてすぐ、離ればなれになってしまった……。今でこそ悠々自適の暮らしだが、生まれは野良でね。まだ爪の出し入れも満足にできないような子猫の頃、道端で今の飼い主に拾われたのだ。それからずっと、彼女の世話になっている」

「健康状態は？」

「良好だ。感染症の類もない。最近少し、食べ物の好みが変わってきたが」

たぶん年のせいだろう。ぼくはパソコンへの入力を続けながら、

「去勢手術は？」

飼い主へのお決まりの質問項目が、NGワードに引っかかったようだ。ユキムラさんは見るからに傷ついた表情になって、目を伏せた。

「それは辛い思い出なんだ。これ以上、その件については触れないでほしい」

4

ユキムラさんの話によれば、飼い主の真田ちひろは昨夜遅く、ひどく落ち込んだ様子で帰宅したという。勤め先の会社で、何かトラブルがあったらしい。

「——家に帰ってくるなり、わたしをぎゅっと抱きしめたかと思うと、メソメソ泣きながら、くどくどと愚痴をこぼし始めたよ」

「仕事上のミスで、上司に責められでもしたんでしょうか？」

「さあ。具体的にどんな問題を抱えていたのか、わたしにはわからない」

猫のユキムラさんに、そこまで求めるのは酷だろう。

「それで？」

「わたしはなるべく飼い主の外での生活には口をはさまないようにしているが、あんなふうに落ち込んだ顔をされてはたまらない。なんとか元気づけてやろうと思って、できる限りのことをした。食事をねだってみたり、甘えたしぐさをしてみたり」

「あなたの励ましで、ちひろさんは少しでも気が晴れたのですか？」

ユキムラさんは耳の後ろを掻きながら、自信なさそうに首をかしげる。

「どうだろう。あまり効果はなかったかもしれない。せめて添い寝でもして慰めてやろうとベッドへ誘うと、飼い主はため息をついてこう言った。《あんたは悩みがなくていいわねえ、ユキムラ。できることなら、あんたと入れ替わって、どこにも行かずに一日中、この部屋でごろごろして暮らしたいよ》」

「なるほど」

とぼくは相槌《あいづち》を打って、

「それであなたは、ちひろさんと一緒にベッドで寝たわけですね」

「いやらしい意味ではないぞ。昨日はずいぶん冷え込んだからな」

「夜の間に、何かふだんと変わったことはありませんでしたか？」

「途中で一度、布団の中から抜け出して、小用を足しにいったことは覚えているが、その後のことは特にこれといって記憶がない。ところが、朝になって目をさますと、ベッドにはわたしひとりしかいなかった」

「その時点で、あなたとちひろさんの体はすでに入れ替わっていた？」

「今にして思えば、そういうことになる」

ユキムラさんはまじめくさった顔でうなずいて、

「だが、わたしはまだ自分の身に起こった異変に気づいていなかった。魂が入れ替わってしまっても、無意識の領域では体の持ち主の記憶が残っていて、日常的な行動には支障が出ないのだろう。こうやって、きみと話ができるのもたぶんそのおかげだ」

なかなかテツガク的なことを言う。でも、そうした問題を追究し始めるとキリがなさそうなので、ぼくは話を元に戻して、

「目がさめてから、あなたはどんな行動を？」

「空腹を感じたので、キャットフードを食べにいくと、皿の中が空っぽだった。飼い主に朝食の追加を頼もうとして、室内を捜し回ったが、どこにも姿が見当たらない」

「忽然と姿を消してしまった、というやつですね」

ぼくの言い方が気に障ったのだろう。ユキムラさんは口をとがらせて、

「冗談で言っているのではないぞ。家の中を隅から隅まで捜してみたが、本当に影も形もなかったのだから。飼い主は出かけるときは、必ずわたしにそう告げる。何も言わずに出ていったことはない。それに今日は土曜日で、会社も休みだ。わたしをひとり部屋に残して、朝から外出する用事もないんだよ」

「お宅の部屋の間取りは？」

「キッチンとリビング、寝室。それにユニット式のバスルームだ。言い忘れていたが、わたしの餌場とトイレはリビングにある」

「部屋と部屋の間のドアは？」

「飼い主がいないときにも自由に出入りできるよう、いつでも少し開けてある。バスル

ームの仕切りも、入浴中以外は閉めきっていない。だから、家の中を隅から隅まで捜したというのは、いささかも誇張ではない。昨夜のことがあったから、少し心配になっていたのだ。わたしはすべての部屋を回って、飼い主がどこかに隠れていないかチェックしたが、どこにも彼女の姿はなかった」

「ベランダは調べましたか？」

「もちろん。窓が内側からロックされていて、外へ出た形跡はなかった。玄関のドアも同様だ。しっかり鍵をかけたうえに、ドアチェーンがかかっていた」

「ドアチェーンまで？」

ぼくが目を丸くすると、ユキムラさんはさも当然のようにうなずいて、

「わたしの飼い主は、防犯意識が高いのだ。しばらく前にこの近所で、深夜のマンションに侵入した泥棒が、就寝中の女性に乱暴する事件があったという。そのニュースを聞いて以来、飼い主は部屋にいるときは、欠かさずドアチェーンをかけている」

「マンションの部屋の出口はそれだけですか？　猫ドアのようなものは」

ユキムラさんはにべもなく首を横に振って、

「外に通じるものはない。わたしはインドア派だから。要するに、わたしの部屋は完全な密室状態だったことになる。きみたちニンゲンは、そういう言い方をするんだろう？」

「たしかにおっしゃる通りですが……」

「玄関の鍵だけならともかく、ドアチェーンまでかかっていた以上、どこにも出口はありえない。もちろん、部屋の鍵は室内に残されていたよ。それなのに、飼い主は部屋の中にいなかった。だから、忽然と姿を消したと言ったのだ」

ユキムラさんの話には、ひとつ決定的な抜け穴がある。しかし、この場でその見落としを指摘するのは、依頼人に対して失礼になるような気がした。

これから現場へ出向いて、実地検証した方がいいだろう。せっかくここまで来てくれたのだから、ぼくも少しは体を動かさないと釣り合いが取れない。ただ、出かける前にひとつ、ユキムラさんに聞いておきたいことがあった。

「この事務所のことは、前から知っていたのですか？　先ほどの話だと、お友だちの紹介があったような口ぶりでしたが」

「そのことか。同じマンションの一階に、シャム猫の親子が住んでいる。そこの娘が迷子になったとき、きみが見つけ出してくれたと、母親に聞いたことがある」

前にぼくが依頼を引き受けた、真田ちひろと同じマンションの住人の飼い猫のことだ。ペットＯＫのマンションだから、飼い主どうし、付き合いがあるのだろう。それぞれの飼い猫をつれて、お互いの部屋を訪ね合っているのかもしれない。

「わかりました。だいたいの筋書きが見えてきたように思います」

「では、行方不明の飼い主の行き先に心当たりが？」

「ええ。これからお宅へうかがって、あなたと入れ替わった真田ちひろさんの居場所を突き止めましょう」

5

相変わらずへそを曲げっぱなしのピンカートン嬢に留守番を頼んで、ぼくたちは事務所を後にした。地上に降りるエレベーターの中で、

「コートの前のボタンを、全部留めておくように」

とユキムラさんに忠告したのは言うまでもない。

外に出ると、ぽかぽかした陽射しが暖かい毛布のようにぼくの体を包んだ。猫のユキムラさんでなくても、ひなたぼっこがしたくなるような陽気だ。

真田ちひろのマンションまでは歩いて五分、依頼人に教えてもらうまでもなく、道順は覚えている。マンションのエントランスはオートロックで、暗証番号を入力する式のものだったが、ユキムラさんは何の迷いもなく、正しい番号を打ち込んだ。

「それも無意識の領域の記憶でしょうか」

ぼくがたずねると、ユキムラさんは質問の意味がわからないように、

「ん？　わたしが何かおかしなことでも」

「――いや、何でもありません」

ここへ来た目的を思い出して、口にした疑問を取り下げた。ぼくの仕事は迷子のペッ

ト捜しで、依頼人の心の問題を解決するカウンセラーではないからだ。

エレベーターで六階まで上がり、真田ちひろの部屋に向かう。ユキムラさんはポーチから鍵を出し、慣れた手つきでドアを開けた。

ひとり暮らしの若い女性の部屋に入るときは、いつも緊張する。ユキムラさんの案内でざっと室内を見て回ってから、ぼくはリビングに落ち着いた。

フロアの隅に、空っぽの皿と猫トイレが置いてある。ユキムラさんに断って、トイレの砂をくんくんと嗅いでみた。まだ固まっていないオシッコのにおいがする。

「やっぱり」

ぼくがそうつぶやくと、ユキムラさんは少し顔を赤らめながら、

「やっぱりというのは？」

「小用を足してから、まだまもないということです。つまり、あなたと入れ替わった飼い主のちひろさんは、ずっとこの部屋から出ていない」

「だが、そんなことはありえない」

ユキムラさんは頑固に言い張った。

「わたしは出かける前に、部屋の中を徹底的に捜索した。誓って言うけれど、どこにも飼い主の姿はなかったのだ」

「お言葉を返すようですが、ユキムラさん、あなたはひとつ見落としをしています」

「わたしが見落としを？」

「部屋の中を捜したとき、あなたは自分が飼い主のちひろさんと入れ替わっていることに気づいていなかった。だから、人間の姿をしたちひろさんを捜し求めていたんです。しかし、その時点ですでにちひろさんは猫の姿になっていた。言うまでもないことですが、人間と猫では体の大きさがちがう。あなたは人間が隠れることのできるスペースばかり調べて、猫の隠れる場所を捜さなかったんです」

ユキムラさんは目をまんまるにして、ぼくの説明に聞き入っていたが、どうしても承服できないというようにあごを突き出して、

「きみの仮説はなかなか面白い。しかし、ひとつだけ腑に落ちないことがある。わたしは部屋の中を捜している間、ずっと飼い主の名前を呼び続けていた。彼女がここにいたのなら、どうして返事をしてくれなかったんだ？」

「理由は簡単です。あなたが正しい名前を呼ばなかったからですよ」

「正しい名前？」

ぼくはニヤリとして、

「いいですか、ユキムラさん。だまされたと思って、ぼくの言う通りにしてください。飼い主の名前ではなく、あなたの名前を呼ぶんです」

「わたしの？」

「そうです。ユキムラでも、ユキちゃんでも、ユッキーでもいい。飼い主のちひろさんになったつもりで、呼びかけてみてください」

ユキムラさんはとまどいの表情で、しばらくわたしを見つめていたが、やがて覚悟を決めたように大きく深呼吸した。なんとなく恥ずかしかったのだろう、わたしに背を向けると、ちょっとかすれ気味の小さな声で、

「ユキムラ、どこにいるの？ 出てきなさい、ユッキー」

と呼びかける。

効果はてきめんだった。

ベランダに出るサッシ窓のカーテンが不規則に揺れたかと思うと、床との隙間から茶色いキジ猫が這い出してきた。

「にゃあ」

真田ちひろの携帯で見た、生意気そうな顔の猫である。朝からずっとそこに隠れて、ひなたぼっこをしていたにちがいない。猫はカーペットの上で長々と伸びをすると、飼い主の顔を見ながら、前足をそろえて呑気そうにあくびした。

「どうやら一件落着したようですね、真田さん」

ぼくがそう告げると、真田ちひろは憑き物が落ちたみたいにさっぱりした顔で、猫のユキムラを抱き上げた。いとおしそうにユキムラの額をなでながら、よかったね、よかったねと繰り返している。さっきまでのエキセントリックな態度はどこへやら、すっかり女性らしい口調になっていて、もう心配する必要はなさそうだった。

せっかくの感動の対面にこれ以上、水を差すのも考えものだ。後で請求書を送ります、

と依頼人の背中に声をかけて、その場から立ち去ることにした。

——ぼくが信じがたい出来事に遭遇したのは、その直後のことである。

ぎゅっと抱きしめられたユキムラが、飼い主の肩ごしにこっちを見て、

「きみの言う通りだった。ありがとう。たいへん世話になった」

と言うのが、たしかに聞こえたのだ。

細断されたあとがき◉5

この小説は「ウフ.」二〇〇八年三月号に発表した後、『9の扉』(マガジンハウス→角川文庫)に収録された。『9の扉』は九人の作家による短編集で、それぞれの作品は独立しているが、執筆者が次の書き手を指名して、バトン代わりに〝お題〟を手渡すリレー形式となっている。アンソロジストとして名高い北村薫氏の遊び心から生まれた企画で、私は第二走者を任された。

北村氏からの〝お題〟は「猫の出てくる話」というものだった。北村氏のスタートアップ短編「くしゅん」は、後半の展開が落語の「あくび指南」をモチーフにしていたので、せっかくだから〝お題〟とは別に落語ネタも引き継ぐことにしようと考え、真っ先に思い浮かんだのが動物変身譚の「元犬」。

浅草蔵前の八幡様に願掛けして人間に生まれ変わった白犬が、奉公に出て騒動を起こす噺《はなし》である。見た目も話し言葉も人間の男だが、どうしても犬の習性が抜けず、奉公先のご隠居とトンチンカンな会話をくり広げた後、「もと(女中の名前)や、もとは居ぬか?」「はい、今朝ほど人間になりました」という地口で落とす。本編はその猫バージョンということになる。

ペット捜し専門の探偵という設定は、我孫子武丸氏のオフビートな連作『狩人は都を駆ける』（文春文庫）を参考にさせてもらった。依頼人（？）との会話だけで事件が片づくのは、ロバート・トゥーイの脱力系ハードボイルドに倣ったものである。前年に『物しか書けなかった物書き』（河出書房新社）というアンソロジーの編者を務めた縁で、クセ球作家トゥーイのタッチを真似てみたくなったのだ。

私がバトンを渡した相手は殊能将之氏で、〝お題〟は「コウモリ」。なぜコウモリかというと、トマス・ネーゲルの『コウモリであるとはどのようなことか』（永井均訳、勁草書房）という書名がずっと頭の中を飛び回っていたせいだ。「猫が人になるとはどのようなことか」という話を書いた流れで、あまり深く考えずに決めたのだが、妙な〝お題〟を渡されて殊能氏はだいぶ苦労されたようである。「ウフ.」二〇〇八年五月号に掲載された「キラキラコウモリ」は、殊能氏が生前に発表した最後の小説になった。この短編を読み返すと、どうしても殊能センセーのことを思い出してしまう。

本書の中ではこれだけ執筆時期が古いけれど、あえて現代に寄せるような修正は施さなかった。「まよい猫」を読んでリレーミステリという珍しい形式に興味を覚えた読者は、ぜひ『9の扉』も手に取ってほしい。

葬式がえり

「小泉八雲の『小豆《あずき》とぎ橋』という怪談を知ってるか」

三年ぶりに会った友人が、いきなりそう切り出した。

友人の名は桜内《さくらうち》という。知り合ったのは大学時代、同郷の先輩に誘われて入会した朗読劇サークルの同期だった。サークル活動の方は文芸志向が肌に合わなくてじきに幽霊会員みたいになってしまったけれど、ミステリー好きの桜内とは意気投合して、卒業後も親しい付き合いが続いた。お互いに所帯を持ってからも、半年に一度は顔を合わせていたものである。それがすっかり間遠になったのは、私の妻が三十八の後厄で病に倒れ、入退院をくり返すようになってからだ。

「――知らないな」と私は応じた。「有名な怪談なのか」

「いや、どっちかというとマイナーな部類に入るだろう。『日本瞥見記』という本で紹介された話なんだがね」

「それも聞いたことがないな。俺が読んだのは『怪談』だけだし」

久しぶりに桜内と会ったのは葬式の場で、亡くなったのは朗読劇サークルに誘ってくれた先輩の奥さんだった。彼女も同じサークルの会員だったから、斎場の一角はちょっとした同窓会の様相を呈していた。精進落としという名目で、彼らと酒食を共にしたが、幽霊同然だった桜内と私は肩身が狭く、早々に退散して二人で飲み直すことになった。

三年ぶりで積もる話は尽きなかった。小泉八雲の話題が出たのは、ハシゴした三軒目の居酒屋の座敷だったと思う。こっちもだいぶ酔いが回っていたから、どういう流れでそんな話になったのか、はっきり覚えていない。サークル一年目の朗読劇で「雪おんな」をやったことは、覚えているのだが。

「『知られぬ日本の面影』という題名の方がポピュラーかな」と桜内は言った。「『神々の国の首都』という、松江に滞在していたときのことを書いた章の中にある。八雲が日本に帰化する前の、ラフカディオ・ハーン時代に採集した怪談だ」

「松江というと、島根県の松江市か」

山陰地方のことは詳しくないが、かろうじて鳥取と島根の区別はつく。「神々の国の首都」というぐらいだから、出雲大社の近くなんだろう。

「どういう話なんだ?」

とたずねると、桜内はあたりめを嚙まずにしゃぶりながら、

「松江城の鬼門に当たる方角に、普門院という寺がある」

「フモンイン?」

「普通の普に、門番の門、病院の院と書くんだよ。その寺の前に小豆とぎ橋という橋がある。昔——というのは江戸時代のことだが、女の幽霊が夜な夜なこの橋の下に坐って、小豆を洗ったのだそうだ」

「小豆とぎっていうのは妖怪だろう？　女の幽霊でいいのか」

「まあ、細かいことは気にするな。ディテールは八雲の脚色で、実際の小豆とぎ橋は、普門院とは全然べつの場所にあったそうだから。とにかくこの橋の近くでは、『杜若《かきつばた》』という謡曲をけっして口にしてはならぬことになっていた」

「かきつばた？」

　私がまた首をかしげると、桜内は学生時代に戻ったような訳知り顔で、

「能の『杜若』だよ。『伊勢物語』の在原業平の東《あずま》下りを元にした演目だ。三河国の八橋という土地で詠んだ〈からころもきつつなれにしつましあればはるばるきぬるたびをしぞおもふ〉という歌を題材にしている」

「ああ、それなら聞いたことがある。〈か・き・つ・ば・た〉の五文字を、五七五七七の頭文字に折りこんだというやつだろう。なぜそれを口にしたらいけないんだ」

「短歌じゃなくて、節をつけてうたう謡曲の方だがね。なぜだかわからないが、その女の幽霊は『杜若』を聞くと、ものすごく怒るという。業平と二条后高子の悲恋を下敷きにした能だから、何かそういう恨みつらみがあったのかもしれない。とにかく、その謡曲を橋のほとりでうたうと、その人は恐ろしい災厄にあうと言い伝えられていた。ところが天下に怖いものなしという、たいへん剛胆な侍がいて、ある夜のこと、この橋へ来て、大きな声で『杜若』をうたった」

「なんでそんなことを？　酒でも飲んでいたのか」

「酔っ払っていたかどうかは知らないが、怖いもの知らずで、度胸試しがしたかったんだろう。大きな声でうたったのに、恐ろしい災厄どころか、何ひとつ怪しいものはあらわれなかった。幽霊なんぞ恐るるに足らずと、侍は笑って家へ帰った。すると自宅の門の前のところで、見たこともない、背のすらりとした美しい女に出会ったんだ。女は侍に軽く会釈をして、手にした文箱を差し出すので、侍も武家らしく会釈を返した」

「文箱というと、本とか手紙を入れる箱のことだな」

「うん。女が言うには、『わたくしは、ほんの婢女《はしため》でございます。奥さまから、この品をあなたさまに――』と告げたかと思うと、女の姿がぱっとかき消えた。文箱を開けてみると、中には血だらけになった幼い子どもの生首が入っていた。あわてて家に入った侍は、客座敷の床の上に頭をもぎ取られたわが子の死骸を見つけたんだ」

桜内は言葉を切って、手酌の日本酒をぐいっとあおった。

「それで終わりか」

「終わりだ」

「――俺はそういう理不尽な話はきらいなんだよ」

私は焼酎のお湯割りをちびちびなめながら、遠慮のない感想を言って、

「血みどろスプラッターは平気だが、何の罪もない子どもがとばっちりを食うのは気に入らない。同じ小泉八雲なら、もっと理に落ちる話の方がいいね。手討ちにあった罪人の生首が庭石にかじりつくやつとか」

「『はかりごと』か」

と桜内が言う。私はうなずいて、

「朗読劇でもそれをやりたかったんだよ。だけど皆が口をそろえて、理が勝ちすぎとか余韻に欠けるとか言うからさ。俺はあれでやる気が削がれたんだ」

私がこぼすと、桜内はまたその話かという顔をした。「はかりごと」というのは、『怪談』に入っていた掌編である。

ある侍の殿様が、屋敷の庭で罪人を処刑しようとする。罪人は命乞いをするが、許されないとわかると、死後の復讐を誓う――深い恨みを抱いて殺された人の霊魂は、殺した人に仇を返すことができると信じられていた。罪人の訴えを聞いた侍は、「深い恨みを抱いている証拠として、首をはねられた後、目の前の庭石に嚙みついてみよ」と命じる。罪人は憤怒《ふんぬ》の表情で「嚙みつきますとも」と叫んだ。侍はためらうことなく刀を抜いて、罪人の首をはねる。砂の上に落ちた生首は、重々しく庭石の方へ転がっていったが、ふいに飛び上がって死に物狂いで石にかじりついた……。

罪人の最期を目撃した家臣と召使いらは、それから数か月の間、たえず恐怖に怯えた。物の影や竹を揺らす風音にも恐れおののき、思いあまって処刑された男の供養を願い出るが、主人は平然と「その心配はない」と答える。「ただ罪人の断末魔の遺恨だけが危険だったのだ。証拠を見せよと挑んだのは、彼の心を復讐の念からそらすためであった。石に嚙みつこうという一念を抱いたまま死んだので、それ以外のことはすっかり忘れてしまったにちがいない。だからこのことについて、何も心配することはない」

——はたして、死んだ罪人は、それ以上なんの祟《たた》りもしなかった。まったく、何事もおこらなかった。

「あの結末が好きなのは」と私は力説した。「怨霊の存在が信じられている世界でも、合理的な思考法がちゃんと通用することを説いているからだ。無理が通れば道理は引っこむかもしれないが、いつまでも引っこんだままだと、無理の方にもゆがみが出るだろう。どこかで帳尻を合わせないと収まりがつかないことぐらい、江戸時代の人間だってわきまえていたんじゃないか」

「帳尻合わせか。おまえは昔から理不尽な話がきらいだったからな」

桜内は半分あきれたように笑ってから、急に真顔になって、

「『小豆とぎ橋』の話をしたのは、ほかでもない。最近この話に続きというか、後日談があるのを知ってね。帳尻合わせじゃないけれど、たぶんおまえはこっちの方が気に入るだろうと思ってさ」

「後日談？　また子どもが死ぬ話じゃないだろうな」

「それはないから安心しろ」

桜内は太鼓判を押した。ちなみに桜内も私も、子どもはいない。

「前のできごとから、十五年ぐらい後の話だそうだ。小豆とぎ橋の幽霊はしばらく鳴りをひそめていたが、生首騒ぎの記憶は風化せず、相変わらず土地の人間から恐れられて

いた。それでも年長者の言うことに耳を貸さない、馬鹿な連中はいるものだ。やはり天下に怖いものなしという剛胆な侍がいてね。そいつがあんまり傲岸不遜なものだから、周りの連中が懲らしめてやろうと企てた。地元に伝わる小豆とぎ橋の怪談を下敷きに、肝試しを持ちかけたというわけだ」

もっともらしい口調で言う。私はしらすと胡瓜《きゅうり》のおろし和えを箸でつつきながら、

「ありそうな話だな」

「その侍は悪い同輩にそそのかされ、何月何日のいついつの刻に、大きな声で『杜若』をうたいながら、小豆とぎ橋を渡るという約束をした。しかし、ただうたわせるだけではつまらない。侍の仲間たちは、たちの悪いいたずらを仕掛けることにしたんだ」

「たちの悪いいたずらというと、今でいうドッキリか」

私があごをしゃくると、桜内はニヤニヤしながら、

「そう。十五年ほど前のできごとをなぞって、生首を出す趣向を考えた。ただしそっくり同じというわけにはいかない。侍は上役の娘を嫁にもらっていたが、奥方との間に子どもはなかった。だから子どもの生首を用意しても意味がない。そこで奥方そっくりに結った鬘《かつら》を古い文楽人形の頭にかぶせて、首のところを血糊で汚す。そいつを手桶に入れて上から蓋をすると、面の割れていない魚屋の下男に持たせておいた」

「ずいぶん安手のドッキリだな」

「明るい日の下ではごまかしようがないが、今とはちがって電気もガスもない時代だか

ら、とっぷり暮れた夜なら本物と見分けはつかない。さて、約束通りの刻限に小豆とぎ橋のたもとに現れた侍は、遠巻きに見守る仲間たちにもはっきり聴き取れるほどの大声で、朗々と『杜若』をうたいながら、橋を渡った。しかし前回と同じく、怪しいものは何もあらわれない。幽霊なんぞ恐るるに足らずと、侍は呵々大笑しながら家へ帰った。侍の仲間たちも声をひそめて、ぞろぞろと後に続く。すると、彼の家の門の前のところで、見覚えのない、貧相な男に出会った。男は侍に恭しくお辞儀すると、手に持った手桶を差し出して、『あっしは、ほんの下男でござります。旦那さまから、この品をあなたさまに――』と告げるなり、逃げるようにその場から走り去った。どこの者かといぶかりながら、侍が手桶の蓋を開けると、中には血だらけになった女の生首が入っていた」

「でもそれは、人形の首だったんだろう」

「もちろんだ」と桜内は気軽に応じて、「とはいえ、月もない夜のことだから、暗くてしかとは見定められない。侍は渡された手桶をつかんだまま、門をくぐって自分の屋敷へ駆けこんだ。物音を聞きつけ、玄関に侍の奥方が出てくる。『お帰りなさいませ』と三つ指をついて、主人を迎えたんだ」

「それで?」

「奥方の顔を見ると、侍はあっと叫んで腰を抜かした。手桶の中に目をやって、ようやくそれが人形の首だと気づいたらしい。跡をつけてきた仲間たちは、尻餅をついたぶざまな姿を見てさんざん嘲り笑った。怖いものなしの侍もこれではかたなしだ。さっぱり事情はわからないが、夫がこけにされているのを見かねたんだろう。気丈な奥方は呆然としている侍の腕をつかんで、そのまま屋敷の奥へ引き入れた」

「なんだか茶番めいてきたな」

私が冷やかすと、桜内は少しムキになったような口ぶりで、

「まだ続きがある。それから数日たったが、侍は屋敷から一歩も外へ出ず、城へ上がる勤めの日も休んだ。さすがに薬が効きすぎたかと反省した仲間たちが見舞いにいくと、あの夜から体調を崩して寝こんでいるという。床に臥せった侍は、すっかり面やつれして肌が土気色になり、仲間らが声をかけても満足に返事すらできないありさまだった。小豆とぎ橋の女の幽霊の祟りではないかと懸念する者もいたが、しっかり者と評判の奥方がかいがいしく病人の世話をする姿を見て、あれならいずれ病も癒えるだろう、心配することはあるまいと屋敷を後にした。ところが、それから半月足らず後、侍は屋敷の庭に生えている柏の木の枝で縊《くび》れて死んでいるのが見つかった」

桜内は口をつぐんだ。それきり後が続かないので、

「それで終わりか」

と念を押すと、目の据わったいかめしい表情で、

「終わりだ」

と言う。さっきと同じ台詞《せりふ》だが、だいぶ呂律《ろれつ》が怪しくなっていた。

「なんだか肩すかしだな」と私は言った。「祟りで死んだのかもしれないが、怖くも何ともないじゃないか」

「そうかい、おまえなら気に入ると思ったんだけどな」

「侍の仲間の連中には、何事も起こらなかったのか？」

「さあ。特に注釈もないから、何もなかったんだろう」

「ちょっと待てよ。そもそもこの後日談というのは、どこから出た話なんだ？　最近知ったというが、ネットか何かで仕入れた創作ネタじゃないのか？」

桜内の返事はなかった。会話の途中なのに、テーブルに突っ伏していびきをかいている。狸寝入りかと思って乱暴に肩を揺すってみたが、いっこうに起きる気配はない。

「やれやれ」

昔はこんなに弱くはなかったはずだが、やはり年のせいか。

自分の焼酎を飲みほして、時計を見た。そろそろ引き揚げる頃合いだ。店員を呼んで、ひとりで勘定をすませた。前の店までは割り勘だったし、今日は特別な日だから、これぐらいは大目に見てやろう。

桜内のほっぺたを軽くたたくと、半分目を開けた。

「立てるか」

「お、おう」

シャツの袖でよだれを拭《ぬぐ》いながら、いいかげんな返事をする。喪服の上着の袖に腕を通させると、桜内も自分で靴を履けるぐらいには正気づいた。肩を貸して店を出、お互いの靴を何度も踏みそうになりながら、どうにか通りまで歩いてタクシーを拾う。

　連れをシートに引きずりこんで、まず桜内の自宅の住所を告げた。初老の運転手は一瞬、妙な間を置いてから、行き先を復唱して道順を確認した。それでいいかと念を押したが、シートに収まったとたん、桜内はまたいびきをかいている。

「いいよ。そこで連れを降ろすから、次は××へやってくれ」

「承知しました」

　運転手はそう答えたきり、完全に黙りこんで運転に集中した。あれこれ話しかけられない方が気が楽だ。私は目をつぶって、ぼんやりと物思いにふけった。

　どれぐらい走っただろうか、急に桜内の声がした。

「おまえにはわからんだろうな。何事も起こらなかったように見えるのが、いちばん恐ろしいんだっていうことが」

「何だって？」

　はっとして聞き返したが、寝言のようだった。なんとなく聞き捨てにできない気がして、桜内を揺り起こそうとしたとき――

「このへんでいいですか」

　運転手がブレーキを踏みながら言った。帰巣本能というやつだろうか、桜内はむくりと体を起こして、窓の外を見た。

ちょうど彼の自宅の前だった。

「ここで待っててくれ」と私は運転手に告げた。「メーターはそのままでいい」

桜内を促してタクシーを降りる。両膝の力が抜けて、私が支えてやらないと、歩くのもままならない様子だった。少し眠ったせいか、顔の赤みは引いていたけれど、明日の二日酔いを先取りしたようなひどい顔になっている。

「大丈夫か」

と声をかけたが、返事をするのも億劫《おっくう》らしい。そのまま玄関の前までパントマイムみたいに桜内の体を引きずっていき、ドアのインターホンを鳴らした。

「はい？」

と奥さんらしき声が出たので、自分の名を名乗り、ご亭主の帰宅を伝えた。じきに奥さんがドアを開け、酔いつぶれた夫の姿を見て顔をしかめる。印象に残りにくい顔だちで、今まで何度も会っているはずなのに、顔を合わせるたびに初対面のような気がする女性だった。名前もすぐに出てこない。

奥さんの手を借りて、玄関の上がり框《がまち》に桜内を坐らせた。向こうはすっかり恐縮していたが、話が長引くとこっちも気まずい。タクシーを待たせているのを口実に、逃げるようにしてその場を去った。

「いま降りたお客さん、お友だちですか？」

タクシーに戻った私に、運転手がたずねる。そうだと答えると、初老の運転手はバッ

クミラーに目を走らせながら、

「あんまりこういうことは言いたくないんですが、長くこの商売をしていると、物の怪《け》とか幽霊とか、どうしてもそういう気配に敏感になるもんでしてね。先ほどのご友人も、何かよくないものに憑かれているんじゃないかと――」

「よしてくれよ、縁起でもない」

そう言ってから、まだ自分が喪服を着ているのに気づいて、

「二人とも葬式がえりだから、そんな気がしただけでしょう」

「そうかもしれませんが」運転手は口を濁して、「ただ、さっきのお宅ですけどね。このへん、よく出るんですよ」

「出るって？」

「女の幽霊がね。幸い、私はまだ乗せたことはありませんが、同業者の噂だと確実に」

桜内の住所を告げたとき、運転手が妙な間を置いたのを思い出した。

「バカバカしい。奥さんにも会ったが、ちゃんと足はありましたよ」

運転手の話を一笑に付してから、急に気になったことがある。

桜内が話した後日談と、さっきの奥さんとの気まずいやりとりが重なったのだ。どうして彼女の名前を思い出せないのだろう？　桜内は、後日談の方が気に入るだろうと言ったけれど、私にはピンと来なかった。小豆とぎ橋で「杜若」をうたった侍は、病に倒れて首をくくっただけで、恐ろしい怪異には見舞われなかったのだから。特に何事も起

こらなかったのだ。

いや、本当にそうか。さっき車の中で、桜内は何と言った？

「おまえにはわからんだろうな。何事も起こらなかったように見えるのが、いちばん恐ろしいんだっていうことが」

わが子の生首をもぎ取られるより、もっと恐ろしいできごと……。

ふっとある考えが浮かんだ。

江戸時代の人間だって、合理的な思考をすることはできる。すべての人間が怨霊の存在を信じていたとは限らない。実際、侍の仲間の連中は、女の幽霊の祟りなど真に受けていなかった。だから軽い気持ちで、安手のドッキリを仕掛けることができたのだ。

侍だって同じではないか。もし彼が奥方を疎ましく思っていたとすれば――「杜若」の言い伝えを利用して彼女を亡き者にし、その罪を小豆とぎ橋の女の幽霊になすりつけることができる。仲間たちの挑発に乗ったのも、妻を殺す絶好のチャンスだと考えたからではないか。「杜若」の怪異には、れっきとした先例がある。幽霊の祟りが信じられている以上、侍自身が奥方殺しの下手人として裁きを受けることはないだろう。

方法は簡単だ。約束の刻限が来る直前、自分の屋敷で奥方を斬り殺す。先例にならって首を切り、客座敷に放り出しておいたかもしれない。返り血を浴びた着物を着がえると、侍はなにくわぬ顔で小豆とぎ橋へ向かった。「杜若」を朗々とうたい上げ、余裕綽々《しゃくしゃく》で自宅へ戻る。門前の茶番は想定内だろう。その後、客座敷で奥方の斬殺死体を発見すれば、言い伝え通りの幽霊殺人の筋書きが完成する——ところが玄関で、五体満足な奥方の顔を見た瞬間、侍は腰を抜かした。

彼が目の当たりにしたのは、恐ろしい怪異そのものだ。つい先刻、この手で斬り殺したはずの亡者が、何事もなかったような顔で自分を迎え入れたのだから。

侍が寝こんだのも無理はない。奥方は一度死んでいるのだ。かいがいしく彼を世話する女がこの世の者ではないと仲間たちに訴えたくても、もはや言葉を発することさえできない。女の幽霊の祟りと、自分が手にかけた奥方の恨みが二重になって、生きた心地もしなかっただろう。庭の木で縊れて死んだのは、それが唯一の逃げ道だったから。

怪異の存在を認めさえすれば、理に落ちる話だ。桜内の言う通りだった。

だとしても——と私は思う。なぜ桜内は、こんな話を私に聞かせたのか。

急に寒気を感じて、ぶるっとした。酔いが覚めたせいではない。今日、自分の家を出たときのことを思い出したからだ。

妻に見送られて自宅を出た後、香典袋を置き忘れたのに気づいて、あわてて家にとんぼ返りした。香典袋は玄関で見つかったが、さっき別れたばかりの妻の姿が見えない。どこへ行ったのかと家の中を捜すと、リビングのテレビの前で倒れていた。

私を見送った後、急に発作を起こして意識を失ったにちがいない。すぐに電話で救急車を呼ぼうとしたが、その手が止まった。

このまま放置すれば、妻は死ぬだろう。私の帰りが遅くなるほど、その死は確実なものになる。三年あまりの闘病生活が走馬燈のように脳裏をよぎった。

病人といっても、食事に注意して激しい運動を避ければ、とりあえず普段の暮らしに支障はない。それでも高価な薬代と、季節の変わり目ごとに体調を崩して入院を余儀なくされるのは、けっして軽くない負担だった。何も見なかったふりでそのまま家を出たのは、魔が差したとしか言いようがない。いつ発作を起こすかわからない妻の看病で、心身ともに疲れがたまり、心にスキができていたのだと思う。

知人の葬式で久しぶりに旧友と再会し、はしご酒で帰りが遅くなったために病身の妻が命を落としたとしても、私を責める者はいないだろう。そんな下劣な思惑を、桜内は虫の知らせのように察していたのかもしれない。初老の運転手が感じたよからぬ気配も、先に降りた桜内ではなく、この私に取り憑いたものではないだろうか。

タクシーの窓から、見なれたわが家の灯りが目に入った。

悪寒がますますひどくなった。

細断されたあとがき◉6

山口雅也編著『奇想天外 21世紀版アンソロジー』（南雲堂、二〇一七年十月刊）に寄稿した短編。アンソロジーのコンセプトは、「本書は、70〜80年代に発刊された雑誌『奇想天外』が、21世紀の今発刊されるとしたら、こういう小説や企画記事が載っていただろうという想定の元に編纂したものである」（山口雅也「Intro.」より）。

山口氏から依頼を受け、「伝説の雑誌にふさわしい作品を」と頭をひねっているうちにふわっと浮かんだアイデアを、都筑道夫氏の怪談ショートショートみたいな軽めのタッチ（当社比）で仕上げてみた。実際に書き始めるまで、自分でもこんな化学変化が生じるとは予想していなかったので、執筆の機会を与えてくださった山口編集長にあらためて深い感謝を捧げたい。

「小豆とぎ橋」のエピソードについては、工藤美代子氏の『神々の国 ラフカディオ・ハーンの生涯〈日本編〉』（ランダムハウス講談社文庫）を参照した。謎解きの補助線となる「はかりごと」は、以前『法月綸太郎の本格ミステリ・アンソロジー』（角川文庫）でも取り上げた掌編。同書の作品紹介にも書いたことだが、私は島根県松江市の出身で、子供の頃から、「へるんさん」こと小泉八雲（ラフカディオ・ハーン）の作品に親しんでいた。作中に出てくる普門院というお寺は、母方の祖母の家の近所だったので、十歳ぐらいまでよく境内に出入りしていた覚えがある。だから「小豆とぎ橋」の言い伝えを知った時は、かなり肝を冷やした。

このあとがきを書いている間にふと気づいたのだが、本編の着想には、前記『物しか書けなかった物書き』に収録した「予定変更」（山本光伸訳）という短編の影響があるように思う。帰宅途中、ゾンビにヒッチハイクされた不運な男の物語で、『ハリーの災難』や落語「らくだ」ばりのグルーサムな死体玩弄ユーモアが横溢する「奇妙な味」の秀作である。

この小説は本格ミステリ作家クラブ選・編『ベスト本格ミステリ2018』（講談社）に収録された。

最後の一撃

「この男は殺されたんだ」かの有名なる刑事弁護士ジョン・J・マコーンは言った。

「周到に計画された殺人だよ――あの精神科医のしわざだ」

「そんなバカな」殺人課のフォン・フランガナ警部はそうどなってから、ふと口をつぐんだ。二人は書斎のデスクに突っ伏しているホープ氏の遺体に目をやった。遺体の右手には拳銃が握られていた。「おれにはどう見ても、自分で自分の頭を撃ち抜いたようにしか見えんがな。ところで、ホープ夫人とドクター・ピースはどこにいるんだね？」

「奥さまの寝室に」青い顔をした家政婦が言った。「旦那さまの遺体を見たショックで、奥さまは倒れてしまったんです。寝室へ運んで、ドクターが介抱しています」

「銃声が聞こえたとき、きみはどこに？」とマコーンがたずねた。

「客間です。奥さまとドクターも一緒に。銃声を聞いてすぐこちらへ駆けつけましたが、ドアに鍵がかかっていたので――」家政婦は用をなさなくなった書斎のドアを身ぶりで示し、「ドクターが体当たりで打ち破ったんです。飛びこんだとき、すでに旦那さまは息絶えていました」

「参考になった。夫人と話ができるか聞いてきてくれないか」家政婦の背中を見送ってから、フォン・フランガナは小男の弁護士にあごをしゃくった。「聞いたか、マコーン。

書斎は密室状態で、あとから死体に手を加える暇もなかった。裕福な毛皮商のホープ氏が拳銃自殺したのは、火を見るより明らかじゃないか」

「むろんだとも」故人の愛読書を調べながら、マコーンは言った。「ドクター・ピースが彼に催眠術をかけ、そうするように仕向けたにちがいない。目が覚めてから指示した効果が生じる後催眠暗示によって」

「そいつは無理な相談だ。後催眠暗示をかけても、被術者に自殺させることはできない。自己防衛本能があるからな。きみだって、それぐらいのことは心得ていると思うが」

マコーンは黙って肩をすくめた。警部は仰々しくかぶりを振って、

「ところで、マコーン、どうしてこの件に首を突っこむことになったんだ?」

「ホープ氏はぼくの依頼人だった。彼は奥さんのすすめに従い、一か月前からドクター・ピースの診療所で、いっぷう変わった催眠療法を受けていたらしい。それからまもなく、依頼人は記憶障害に悩まされるようになった。そのことで精神科医を告発できるか、と相談されたんだ」

「なるほど」フォン・フランガナはあごをなでた。「訴訟になれば、精神科医の評判はガタ落ちになる。ドクター・ピースは先手を打って、患者の口を封じたと?」

「まあ、それだけじゃないがね」

「だとしても、催眠殺人説はいただけないな。ホープ氏が受けていたいっぷう変わった催眠療法というのは、どういうものなんだ?」

「そいつは本人の口から聞けばいいだろう」マコーンは戸口へ顔を向けた。

「奥さまは簡単な質問なら答えられるそうです」寝室から戻ってきた家政婦が、フォン・フランガナに告げた。「ドクター・ピースと客間でお待ちになっています」

家政婦の案内で、弁護士と警部は客間へ移動した。女ざかりの未亡人は長椅子の端に体を寄せて座り、その横に若くてハンサムな精神科医が立っている。目ざといマコーンは、それまでしっかり握りあっていた手を、二人があわてて離したことを見逃さなかった。

「誤解のないよう、あらかじめ申しあげておきたいのですが……」

そう言いかけたピース医師を、フォン・フランガナは手で制して、

「まず奥さんの話を聞きましょう。ご主人の身に何があったのですか？」

「ああ、わたしがあんなことを思いつかなければ！」と夫人は嘆息した。「主人は大変な探偵小説マニアで――特にエラリー・クイーンの〈国名シリーズ〉が大好きでした――今まで読んだ探偵小説の真相をすべて忘れて、もう一度白紙の状態で読めればなあ、というのが口癖だったのです。ある日わたしはふと思いついて、ドクター・ピースの忘却催眠を受けてみたら、と主人にすすめました。ドクターはわたしの主治医で、患者の不快な記憶を消し去る催眠療法の達人なのです」

「不快な記憶とはいえませんが」とピース医師が言い添えた。「忘れたくても忘れられないという点では、探偵小説の真相も同じです。私はホープ氏を何度も催眠状態に誘導

し、過去に読んだ探偵小説の内容を忘れるよう、くり返し暗示をかけました」

「たしかにいっぷう変わってるな」とフォン・フランガナがつぶやいた。

「だが、あなたの忘却催眠には副作用があったのでは？」と弁護士がたずねる。「ホープ氏は最近、記憶障害に悩まされていたようだが」

「その通りです」精神科医は慎重に言葉を選んだ。「今日、彼はそのことで診療所へやってきました。忘却催眠を受け始めてから、急に物忘れがひどくなった、原因を調べてくれないかと。いくつかの簡易テストを行った結果、忘却催眠の副作用ではなく、認知症をわずらっている可能性が高いと判明したのです。私は診断結果を告げ、専門医に精密検査をしてもらうことをすすめました。ホープ氏は心ここにあらずといった表情で、帰宅の途についたのですが……。それから二時間ほど後、ホープ夫人から電話があり、主人の様子がおかしいので、今すぐ往診に来てほしいと頼まれました」

「帰宅するなり書斎に閉じこもって、出てこないんです」今度は夫人がピース医師の話を引き取った。「ドアの外から呼びかけても、返事がありません。心配になってドクターに来てもらったのですが、彼が着いてから五分と経たないうちに、書斎から銃声が」

ホープ夫人はそこで言葉に詰まり、顔を覆ってむせび泣いた。彼女のきゃしゃな肩にピース医師がそっと手を乗せる。小男の弁護士はじっと二人を見つめていたが、ふいに体の向きを変え、客間の隅に控えていた家政婦に質問をぶつけた。

「ホープ氏は急に物忘れがひどくなったというが、それで日常生活に支障をきたしたことがあったかね？」

　思い当たることがないのだろう。家政婦はきっぱりと首を横に振って、

「そんなことは一度もありませんでした」

「じゃあ、最近なにか変わったことは？」

「そういえば、ここしばらく、旦那さまはずっと同じ本ばかり読んでいるようでした。本を読むのは速い方なので、不思議に思っていたのですが」

「ホープ氏が読んでいたのはこの本かい？」マコーンが書斎から拝借してきた探偵小説を見せると、家政婦は迷わず「そうです」と認めた。

「おれにも見せてくれ」とフォン・フランガナが手を伸ばした。「『エジプト十字架の謎』か。クイーンの〈国名シリーズ〉ってやつらしいな」

「これで証明されたようだ」マコーンは芝居がかったしぐさで、未亡人と精神科医に人さし指を突きつけた。「これは周到に計画された殺人だ。あなたたちは共謀してホープ氏を精神的に追いつめ、絶望のあまり、彼が自ら命を絶つように仕向けたんだ」

「証拠がありまして？」ホープ夫人が嚙みつくように言った。

「ありますとも。ご主人から手紙をもらいましてね。忘却催眠のこと、記憶障害のせいで本の内容を覚えられなくなったこと、それにあなたたち二人が密通して、自分を亡き者にしようと企んでいる証拠をつかんだと書いてあったんです」

後ほど、「天使のあご《ジョー》」が経営するシティホール・バーで一杯やりながら、フォン・フランガナ警部はうなるようなだみ声で言った。

「おれにはまだ、納得のいかないことばかりだ。あの手紙の話はハッタリだろう？」

「ああするよりなかったのでね」マコーンはジンのおかわりを二杯持ってくるように手ぶりで合図した。「だが、小心者のドクター・ピースはあれで動揺して、すっかり泥を吐いたじゃないか。しかも自供書にサインした。今度のジンはきみがおごれよ」

「でも、もし彼の気が変わったら、とても陪審員を説得できそうにない」警部は憂鬱そうにジンのグラスをのぞきこんだ。「包み隠さず話してくれよ。結局、ホープ氏の記憶障害は認知症をわずらっていたせいなのか？」

「いいや。家政婦の証言で、認知症の可能性は否定されている。あれはドクター・ピースが患者の気持ちをくじくために用意した、とどめの一撃だ。ホープ氏は嘘の診断結果を真に受けて、拳銃自殺という最悪の選択をしてしまったが、実際に彼の生きる気力を尽きさせたのは、もっと不条理で悪魔的な罠のせいだった。人生最大の愉しみを根こそぎ奪う、精神的な拷問だ。ホープ氏のような探偵小説マニアにとっては、出口のない迷宮に永遠に閉じこめられたに等しい」

「まるで酔っぱらった詩人みたいだな、マコーン」

「ところが、こいつは文字通りの意味でね」マコーンは苦いため息をついた。「ホープ氏の記憶障害は、忘却催眠の副作用でもない。ドクター・ピースは後催眠暗示によって、ひそかにホープ氏の記憶を操作していたんだ。あるキーワードを目にしたとたん、それまで読んでいた本の内容をすっかり忘れてしまうように」

「――後催眠暗示か。で、そのキーワードとは？」

ジョン・J・マコーンはホープ氏の書斎から持ってきた本を開き、何も言わずにフォン・フランガナ警部に見せた。開かれたページにはこうあった。

読者への挑戦

細断されたあとがき◉7

この小説は『挑戦者たち』(新潮社)からの抜粋で、初出は「小説新潮」二〇一五年一月号。同書はレーモン・クノー『文体練習』(朝比奈弘治訳、朝日出版社/松島征〔他〕訳、水声社)の向こうを張って、「読者への挑戦」だけで一巻の書物をこしらえるという無茶な趣向に挑んだ本だが、この短編に関してはそうしたコンセプト抜きでも、面白く読めるのではないだろうか。自分ではわりと会心のアイデアだったので、今回あえて単独作品として本書への収録に踏みきった。

本編の筋立ては、クレイグ・ライスのショートショート「馬をのみこんだ男」(吉田誠一訳)を下敷きにした。「腹ぺこすぎて馬一頭でも食べられそうだ」(I'm so hungry that I could eat a horse.)という英語の慣用句をもじった落語みたいな推理コントで、エラリー・クイーン編のアンソロジー『ミニ・ミステリ傑作選』(創元推理文庫)に収録されている。ライスの原作で事件を解決するのは、シカゴの酔いどれ弁護士、ジョン・J・マローンとダニエル・フォン・フラナガン警部の名コンビだが、さすがにそのまま使うのは気が引けるので、ちょっとだけ名前を変えておいた。

追記。「最後の一撃」の最後の一行は、同じクイーン編のアンソロジーを締めくくる「最後のミニ・ミステリ」――アントニー・バウチャー「決め手」（吉田誠一訳）へのオマージュでもある。（この稿終わり）

だまし舟

同業の汐見《しおみ》から電話があったのは、夜の九時過ぎだった。

「これから出てこられないか。新宿のPホテルにいるんだが、ちょっと相談に乗ってもらいたいことがあってね」

「ちょうどよかった。こっちも今日はひとりだ」

たまたまその日は、妻が娘を連れて金沢の実家に里帰りしていたからである。一番近い締め切りにはまだ間があるので、一晩ぐらい飲み明かしてもとやかく言う者はいない。三階のロビーラウンジで落ち合う約束をして、私はこざっぱりした服に着替えた。

家を出る段になって、何の相談か聞きそびれたのに気づいたが、汐見のことだ。どうせ仕事の愚痴か、作家周りのゴシップの類だろう。

汐見とは三か月ちがいの同期デビューで、文壇の右も左もわからぬ新人時代からの付き合いだった。著作の数と売れ行きもどっこいどっこいなので、四十の坂を越えた今でも腹蔵のない話ができる数少ない作家仲間である。

Pホテルに着いた時は、もう十時近かった。ラウンジは潮が引いたように閑散として、ウェイターの接客態度にも覇気がない。友人の姿を捜すと、中央の四角い柱に寄せたテーブル席でぽつねんとうつむいている横顔が見えた。遠目でもわかるほど無精ひげが伸びているのに、本人はちっとも意に介していないふうである。

「ずいぶんくたびれた顔をしてるじゃないか」

こっちが先に声をかけると、汐見は目の下に隈ができた顔を上下させて、

「自分でもわかってる。ずっと寝てないせいだ」

私は向かいに腰を下ろし、汐見がデミタスカップを口に運ぶのを見守った。カフェインを濃縮したような深煎りのエスプレッソ。待ち時間に読んでいたのか、テーブルの端に見なれない本が一冊、ブックカバーなしの裸で置いてある。一杯やるつもりで出てきたけれど、どうもそういう気楽な相談ではなさそうだ。とりあえず普通のコーヒーを頼んだら、汐見はエスプレッソをおかわりした。

「寝てないってことは缶詰中か。どこの原稿？」

「ちがうんだ。今回のこれは仕事じゃない。どうしても家にいられなくなってね。今日の午後チェックインしたんだが、当日の駆け込みだとなかなか部屋が取れなくて、割に合わない法外な料金をふっかけられたよ」

冗談とも本気ともつかない口調で言う。外泊するだけならネットカフェやスーパー銭湯で間に合いそうなものだが、そもそも汐見は独身で気を回す同居人もいない。どうしても家にいられないというからには、よほど面倒くさい事情でもあるのだろうか。

「それで、相談というのは？」

水を向けると、汐見の視線がテーブルの端をかすめた。持ち上げた左手の人さし指と

中指が読みさしの本の表紙に着地して、もどかしそうにタップを踏む。葡萄《ぶどう》色をした無地の表紙で、上を向いた面に文字や装画は見当たらなかった。

「この本がね、読めないんだ。どうしても読めない」

「それは寝不足のせいだろう。無理をするから目に来たんだ」

「目は平気だよ。そうじゃなくて、読めないから眠れないんだ」

真顔でよくわからないことを言う。私は首をかしげて、

「だけど普通は逆だろ？　俺なんか、相性の悪い本なら二ページで眠くなるぞ。それともあれか、急ぎの書評でもねじ込まれたか」

「いや、仕事とは関係ないし、読まなきゃいけない義理もないんだが、気になってね。何とかして読もうと思ってるんだけど……」

表紙をタップする指の動きがせわしなくなった。私もなんとなく気がせいて、

「小説、それとも学術書の類か？　ぼくも知ってるやつの本かい」

「知らないと思う。小説なんだが、聞いたこともない作者でね」

汐見はかぶりを振り、表紙から手をどけてこっちへ本をよこした。そのまま受け取って裏を見たけれど、反対側の表紙にもタイトル、著者名は書いてない。背文字もなかった。どっちが前か迷ったが、汐見は本の向きを変えなかったから、天地が逆になっているはずである。縦にひっくり返して扉を開くと、黄ばんだ白紙に古風な明朝体で、

と黒く刷ってあった。そこで手を止めてちらっと見ると、汐見の顔にはどこか気後れしたような色がある。私もそうだけれど、まだ自分が読み終えていない小説を目の前で品定めされるのは、本が好きな人ほど抵抗があるだろう。初デートの相手にほかの男がちょっかいを出すのを指をくわえて見ているようなものだ。汐見も相当な読書家だから、私は本文をめくるのを遠慮して、表紙まわりを見直すことにした。

仮フランス装というのだろうか。やや大きめの表紙で本体をくるんで、小口から少しはみ出すように天地左右で折り返した余白部分を見返しに糊づけしてあった。ただし無線綴じの並製本なので、いささか安っぽい印象は否めない。葡萄色の表紙は完全に無地で、見る角度を変えても文字が浮かんできたりはしなかった。

「著者名は『おとのよしや』と読ませるのかな。投稿作家のペンネームみたいだが、扉に版元名が入ってないところを見ると、同人誌らしいな」

「うん。同人誌というか、自費出版の私家本なんだろうけど」

「元は函《はこ》入りだったのかな？　表紙に何も書いてないから」

「そうじゃない。仮フランス装もどきの表紙は前の持ち主が貼りつけたもので、元の表紙が見返しみたいになっているんだ。その証拠に、巻末に奥付がないだろう」

見るのを一瞬ためらったのは、題名が題名だけに、本文の最後に意外なオチが待っているかもしれないと思ったせいだ。余分な情報を仕入れないよう視野を狭めて、慎重に最後のページをのぞいてみる。汐見の言う通り、奥付の表示はなかった。そこだけページがちぎれているわけでもなさそうだ。ということは——

「なるほど。印刷代を節約するために、奥付は表4に入れたのか」

表4というのは本の裏表紙のことだ。カバーデザインの手間も省けるので、同人誌ならありふれた方式である。汐見は落ちくぼんだ目をすがめるようにして、

「だと思う。気になって確かめようとしたんだが、べったり糊づけされて剝がせない。本を傷めるのはいやだから、そのままにしてあるんだ」

「どうやって手に入れたんだ？　古本屋かどこかで見つけたのか」

「いや、実家の兄貴が持っていたものらしい。兄嫁から借りてきたんだ。兄貴は堅物で、小説なんか見向きもしないと思っていたんだが……」

汐見は言いよどんだ。長い付き合いになるけれど、汐見の口から実家の話が出るのは珍しい。何か負い目でもあるのか、寝不足で充血した目にいっそう暗い影が差す。雲行きが怪しくなってきたので、私はことさら深刻ぶらない口調で諭した。

「そういう本なら、無理に急いで読まなくてもいいんじゃないか」

「まあ、そう言われると反論のしようがないんだが」

歯切れの悪い返事をしてから、汐見はエスプレッソをぐいっとあおり、それでやっと腹をくくったように言った。

「百聞は一見にしかずだ。書き出しだけでも読んでみろよ」

「いいのかい？」

念を押してページをめくると、いきなり本文が始まった。見出しや章番号は付いてなかったが、目次も中扉もないところを見ると、れっきとした長編なのだろう。印刷の手際は今ひとつで、活字がかすれたり、字間のばらつきが目立ったりと、地方の零細業者がやっつけ仕事をしたような仕上がりだった。それでも、じきにそんなことは気にならなくなって、ふとわれに返るまでに、私は十ページばかりも読み進んでいたのである。

「驚いたな。書き出しでこんなに引き込まれたのは久しぶりだ」

「やっぱり。きみもそう思うか」

汐見が熱心に聞き返す。私は最初のページに戻って、行を目で追いながら、

「そう思うよ。イントロを聴いた瞬間に、名曲とわかるような感じだな。こんなに言葉の質感が鮮やかで、読みごたえのある文章には、しばらくお目にかかったことがない。夢とうつつが織りなすポリリズム的な文体とでも言うのかね、長い眠りからの目覚めを波の音が移ろうように描写するくだりなんて絶品だよ。ずいぶん力を入れたんだろうが、意気込みだけじゃこうは書けない。そんじょそこらのプロよりよほど筆力がありそうだ」

「大絶賛じゃないか」

「ずっとこの調子ならね。途中で息切れするようだったら、話は別だ」

「ぼくが読んだところまでは、息切れどころか、もっとよくなってる」

「すごいな。早く読んで、ぼくに貸してくれよ。それにしても、いったい何者なんだろうね、この本を書いた作者は」

私はもういちど扉を開いて、タイトルと著者名を見直した。そこにいま読んだばかりの書き出しのイメージが重なり、ふっとあるフレーズが脳裏をよぎった。

「なみのりふねのおとのよきかな――」

「何だって？」

「うん、ペンネームの見当がついたぞ。『長き夜の　遠の眠りの　みな目覚め　波乗り舟の　音の良きかな』という短歌があるだろう。知らないか？」

汐見がけげんそうな顔をしているので、私は携帯を取り出した。メモ帳アプリを起動して、記憶を頼りに文字を打ち込んでいく。

なかきよの　とおのねふりの　みなめさめ
なみのりふねの　おとのよきかな

「なるほど」

メモ帳の画面を見せると、汐見は文字の並びにじっと目を凝らして、

「五七五七七が回文になっているんだな。乙野佳哉というのは、最後の七文字に漢字を

当てた語呂合わせというわけか」

「たぶんね。書き出しだけで決めつけるのも何だが、主人公らしき女性の名前が未奈《みな》というのも『みな目覚め』にかけてるんじゃないか」

「目ざといな、きみは。よくできているから、さぞかし有名な短歌なんだろうね」

「だと思うけど、正直、ぼくもそんなに詳しいわけじゃない。まだ小さい頃、祖父に覚えさせられた歌でね。正月二日の夜、七福神の乗った宝船の絵にこの歌を書いて枕の下に入れて寝ると、いい初夢が見られると教わった。だけど、うちには宝船の絵なんて洒落たものはなかったから、真四角に切った紙に歌の文句を書いて、それで帆かけ舟を折ったやつを代わりにしたんだ」

「帆かけ舟ならぼくも知ってる。もう折り方は忘れたが、凸の字の三つの端を斜めに切ったような形で、ちょっとした仕掛けがあったような——」

「そうそう。帆の部分を持った相手に目をつぶらせて、船尾の側を開いて折り返すと、あら不思議、持っていた場所が舳先《へさき》に変わる。それで別名をだまし舟というんだ」

「ふうん。それがタイトルの由来ってことか」

　あっさり絵解きしたのが癪にさわったのかもしれない。汐見は鼻白んだような顔で携帯を突っ返すと、それっきり黙り込んでしまった。このままへそを曲げられては元も子もないので、私はさりげなく話題を戻した。

「しかしこれだけ書ける作家が、埋もれたままなのは解せないな。自費出版だとしても、こうして本になってるんだから、誰かの目に留まりそうなものだ。よほどの小説音痴でもない限り、少しでもこの本を読んだら黙っていられないだろうに」

「それはそうなんだが……」

「何か差別表現とか、過激な性的虐待シーンでもあるのかい」

「ぼくが読んだところまでだと、そういうのはなかったな」

「作者について、何か心当たりは？」

「兄嫁にたずねてみたけど、知らないと言ってた。奥付を見れば何かわかるかもしれないが、さっきも言ったように、本を傷めたくないんでね」

「でも、きみの兄さんが持っていたものなんだろう。直接本人に聞いてみれば」

「いや。ちょっと事情があって、兄貴には聞けないんだ」

突っぱねるような返事だった。おいそれと他人には話せない、身内どうしのわだかまりみたいなものがあるのだろう。長年の友人だからといって、そういう微妙な領域にずかずかと土足で踏み込む権利はない。

「仕方ないな。とにかく、次はぼくの番だ。早く読み終えて、貸してくれ」

読みかけた本を返そうとすると、汐見は気抜けしたみたいに手を振って、

「読みたかったら、持って帰っていいよ。ぼくには読めそうにないから——きみが読んだら、後半がどんなふうになるのか聞かせてくれ。どうしても気になるんでね」

「本当にいいのか、ぼくが先に読んでも？」

自分でもどうかと思うぐらいしつこく念を押すと、汐見はうなずいてから、のっそり立ち上がった。

「ぼくは部屋に戻るよ。わざわざ来てくれたお礼だ。きみの分も払っとく」

「まだ宵の口じゃないか。もう少し付き合えよ」

引き止めようとする私に、汐見はざらついたあごをなでながら、だるそうな声で、

「睡眠不足がそろそろ限界でね。用事がすんだから、ゆっくり寝たいんだ」

そう言われては、もう無理強いできない。友人の背中を見送って、私はひとりラウンジに残った。汐見のやつ、前からあんなに肩が細かっただろうか。ふとそんな思いが心をかすめたが、頭の中は借りた本のことでいっぱいで、深く考える暇などない。

さっそく続きを読もうとしたけれど、ひとりになると急に周りの目が気になりだした。ラウンジはとうにがらがらなのに、どうしてだか、誰かに見られている気がして本に集中できない。結局、半ページも読めずに見切りをつけて、早々にホテルを後にした。手ぶらで出てきたので、汐見に借りた本もむき出しの状態である。まだ電車の動いている時間だったが、乗客で混み合う車両に裸同然の本を持ち込む気にはなれなかった。タクシーを拾って、まっすぐ自宅マンションへ走らせる。

家に着くなり書斎へ直行し、上着だけ椅子の背に引っかけて『だまし舟』の続きに取りかかった。没落した地方旧家の娘が二人の青年と恋に落ち、愛憎の行方も定まらない三角関係がそれぞれの心を蝕んでいく――物語は二十年後のヒロインの視点から、過去

を振り返る回想形式で綴られていた。冒頭のまどろみから目覚める場面では、結婚生活の破綻がほのめかされているが、彼女の現在の夫がどちらの男なのかわからない。もうひとりの恋人は過去のどこかの時点で死んでいるらしく、ページをめくるたびに不吉な気配が忍び寄ってくるのだった。だまし舟の帆と舳先のように、過去と現在が入れ替わる巧みな語り口に引き込まれ、私は時間がたつのも忘れて読みふけった。

ふいに携帯の着信音が鳴って、現実に引き戻された。本に夢中になっていたせいか、椅子の背に引っかけた上着のポケットの中からだと気づくまでに、数秒かかった。携帯の時刻表示は午前二時、汐見からの電話である。時間が遅いのはお互いさまだが、ホテルで爆睡中と思っていたので、ちょっと意外な気がした。

「あの本を読んでるだろう、今？」

汐見は挨拶も抜きで、いきなり聞いてきた。

「ああ、読んでいる。あれからすぐ家に帰って、読み出したらもう止まらないね。この調子だと徹夜になりそうだが、とんでもない傑作の予感がするよ」

私が褒めちぎるのを、汐見はどうでもいいように聞き流して、

「三人が湖畔のキャンプ場で川遊びをするところまで、もう読んだか」

「三人って、ヒロインと二人の恋人のことか。いや、まだその場面は出てこない」

「間に合った。悪いけどその本、返してもらいたいんだ。すぐ取りにいくから、もう読まないでくれ。いいか、今すぐ本を閉じて二度と開くんじゃないぞ」

「ちょっと待て。二度と開くなって、なんでそんな脅し口調になるんだ？　そりゃあきみの本だから、返せと言われたら返すけどさ。さっきは睡眠不足で限界だと言ってたじゃないか。もう遅いから、返すのは明日でもいいだろう」

「少し寝たから大丈夫。でも明日では遅いんだ。嘘じゃない。本当にすぐ行くから、それ以上読まないで、待っててくれ。お願いだ」

わけを聞く前に、通話が切れた。

何がなんだかわからなかったが、いたずらにしては度がすぎるし、寝不足の反動で悪い夢でも見たのかもしれない。どっちにしても、読むなと言われるとかえって読みたくなるのが人情だ。私は携帯をおやすみモードにして、『だまし舟』を読み続けた。

ところが二ページと読まないうちに、今度はインターホンが鳴った。本を置いて、エントランスのカメラとつながったモニターを確認しにいくと、頬のこけた青白い男の顔が映っている。汐見だった。

「なんだ、近所まで来ていたのか」

「すぐそこからかけたんだ。本を返してくれ」

「いま開けるよ」

私はエントランスのオートロックを解除し、自室の玄関で汐見を迎えた。

「さっきより顔色が悪いぞ。何をそんなに焦ってるんだ」

「きみまで巻き添えにしたくないんだ。さっきは厄介払いしたつもりだったけど、考え直してね。やっぱりこんなことをしちゃいけない」

　本人が思っている以上に、声高になっている。私は汐見の肩を引き寄せて、

「とにかく中に入れよ。玄関先で話すと、隣人の迷惑になる。女房も娘も留守だから、遠慮しないで上がってくれ」

「わかった。きみにも事情を話して、納得してもらう方がよさそうだ」

　私は汐見を書斎へ通した。デスクに置いてある『だまし舟』を目ざとく見つけると、汐見はひょいとそれを手に取って、椅子に腰を下ろしながら、

「実家の兄貴がこの本を持っていたらしいという話は、もうしたよな」

「ああ、聞いた。それよりまだ寝足りないんだろう？　インスタントでよければ、コーヒーでもいれようか」

「いや、いい。すぐ帰るから、かまわないでくれ。らしいというのは言葉の綾《あや》で、兄貴の所蔵本だったのはまちがいないんだ」

「たしか、義理の姉さんに借りたと言ってたな」

「うん。三日ほど前、兄嫁が急にぼくを訪ねてきてね。東京に用事があると言って出かけたきり、まる一日以上兄貴と連絡が取れないというんだ。方向音痴な兄嫁に付き添って、こっちで立ち寄りそうな先を捜して回ったんだが、誰も兄貴の行方を知らない」

「きみの実家は高崎市だったな。兄さんはちょくちょくこっちへ来てたのかい」

「よく知らないけど、せいぜい月イチぐらいだろうな。たいてい日帰りで、今回も泊ま

りの用意はしてなかったそうだ。行き先のメモとか、書き置きみたいなものもない。唯一の手がかりは、家を出た後、兄貴の部屋に残されていた見なれない本だけだった」

「それがこの『だまし舟』だったということか」

私はさりげなく手を伸ばしたが、汐見は本を取られないように身をかわして、

「さっきも言ったように、兄貴は堅物で、普段は小説なんか見向きもしない。こういう本を置いていくこと自体、何かいわくがありそうなんだが、兄嫁はそれに輪をかけて活字が苦手なタイプでね。本から手がかりを拾うどころか、ちゃんと読めるかどうかもおぼつかない。それで小説のプロであるぼくに泣きついて、かわりに読んでもらうことにしたわけだ。最初はこっちも半信半疑だったが、兄嫁の話を聞いているうちに、ひとつ思い出したことがあってね。ヒロインのモデルに心当たりがあるんだ」

「待てよ。さっきはそんなこと、ひとことも言わなかったじゃないか」

「世間体が悪いから黙っていたが、もう隠してはおけない。兄貴は結婚する前、義姉とは別に付き合っていた女性がいてね。仮に未奈さんとしておくが、そのひとは兄貴のことをずっと愛していたのに、いきなり別れを告げられた。ひどい仕打ちを受けて傷ついたんだろう、当てつけみたいに兄貴の同級生と一緒になったんだ。だけど、そんな気持ちでした結婚がうまく行くわけがない。未奈さんはそれから数年後に亡くなったそうでね。地元では自殺したんじゃないか、という噂が立ったらしい」

「そのひとがモデルだとしたら、誰が『だまし舟』を書いたんだ?」

「未奈さんが結婚した、兄貴の同級生じゃないかと思う。乙野佳哉に似た名前ではないけれど、大学は文学部だったと聞いている」

「つまりこういうことか。その同級生氏は妻を亡くした悲しみを紛らわせようと、彼女をモデルにして『だまし舟』という小説を書いた。当然、そこにはきみの兄さんに対する複雑な感情が含まれていたにちがいない。その気持ちを伝えるため、彼女を裏切った薄情な男に私家本を送りつけたということだな」

「まあ、あくまでもぼくの想像なんだが」

「だったらその同級生氏は、きみの兄さんの行方を知っているかもしれない。その人に連絡して、本のことを聞いてみれば？」

「いや、ぼくは本人とは面識がないんだ。後から人づてに噂を聞いただけで、実際に彼がどういう人なのかも知らない」

汐見は言い訳がましいことを口にしながら、私の目を避けるように顔をそらした。だいぶ雲行きが怪しくなってきたようだ。最初はもっともらしい話に聞こえたが、よくよく考えると『だまし舟』のストーリーとは平仄《ひょうそく》が合わない。そもそも本気で同級生作者説を信じているなら、こんなところで油を売っている場合ではないだろう。面識があろうとなかろうと、まずその同級生氏に会って事情を聞くのが筋である。

だとすると、兄に捨てられた元恋人がヒロインのモデルという見立ては、貸した本を取り返すために即興でこしらえた作り話ではないか。そう思った私は、不安定な汐見の

神経を逆なでしないよう、慎重に言葉を選びながら、

「あやふやな噂と憶測だけを頼りに、結論に飛びつくわけにはいかないよ。その未奈さんという女性がモデルだとしても、イメージを借りただけで、ストーリーはまるで別物だろう。兄さんがひどい仕打ちをしたと言うけれど、きみの思い過ごしかもしれないし、身内のこととなると誰だって目が曇る。とにかくぼくが最後まで読んで、第三者の目で客観的に判断した方がよさそうじゃないか」

「きみは全然わかってない。モデルやストーリーの問題じゃないんだ。この本は読めないんだよ、最後までは」

ぞっとするような声だった。普段の汐見とはすっかり別人の形相になっている。

「読めないって、どういうことだ？」

「ぼくも同じことを考えて、それできみに貸したんだ。赤の他人なら読めるんじゃないかって。だけど、そんなのは自分をごまかす言い訳だと気づいてね。もし同じことが起こってきみまで巻き込んだら、合わせる顔がない。そうなる前に、本を取り戻しにきた」

「頼むから、もっとわかるように話してくれ」

「さっき電話で聞いたよな。三人で川遊びをするところまで読んだかって。仲直りした三人組が湖畔のキャンプ場に出かけて、折り紙の舟を川に流す場面があるんだ。ぼくはてっきり、男二人がそれぞれに折った舟を流して競争させたと思っていたが、きみと話

してそうじゃないことに気がついた……」

汐見は急に口をつぐむと、熱でもあるみたいにぶるっと頭を振ってから、

「そこまで読むとあることが起こって、それ以上先へ進めなくなるんだ。このまま読み続けると、きみにも同じことが起きる。さっきの電話でそれがわかった」

「どうして？」

「きみは何時間ぐらい、この本を読んでいる？」

「三時間ちょっとかな」

「舟を流す場面はもう少し先だ。ぼくはそこまで何度も何度も読んだから、どのへんかすぐわかる。読み出したら止まらないと言ったよな。でも、きみみたいに小説慣れした読者が三時間も休みなしに読んで、たったこれっぽっちというのは変だと思わないか？」

汐見は本を開いて、片手でつまみ上げた。親指と人さし指でつまんでいるのは、あまり厚くない本の半分にも届かないページだった。くの字に開いて、のどの部分から垂れ下がったページの方が分量が多い。

「おかしいな。ちょっと見せてくれ」

私が手を伸ばすより早く、汐見は本を閉じて、葡萄色の表紙を両手で覆い隠した。

「もう見ない方がいい。この本のことは忘れてくれ」

「忘れろと言われても、ハイそうですかではすまないぞ。あることが起こって、それ以

上先が読めなくなるって、いったいどういうことなんだ？」

「恐ろしいことさ。それが説明できるぐらいなら、わざわざこんな時間にここまで来たりするもんか。きみにはすまないことをした。後生だから、どうか忘れてくれ」

拝むようなしぐさをして、汐見は書斎から出ていった。金縛りにかかったみたいに、私はしばらくその場に固まっていたが、玄関の扉がバタンと閉まる音が聞こえて、やっと正気に戻った。

いや、正気だったかどうかわからない。もうそこにはない葡萄色の表紙が縁のにじんだ残像のようにちらついて、妄想じみたおかしな考えをけしかけてきたからだ。さっきまでこの書斎で対面していた相手は、本当に汐見だろうか？　二度目の電話から様子が変だったし、急に手のひらを返して、本を返せと迫ったのも汐見らしくない。『だまし舟』を持っていったのは、汐見ではなく、行方をくらました彼の兄だったのではないか。

私は汐見の兄と会ったことはないけれど、兄弟だから外見は似ているはずだ。未奈という元恋人をめぐる過去のいきさつも、弟のふりをしながら、自分の身に起こったことを打ち明けていたのだろう。なりすましに気づかなかったのは一生の不覚だが、あまりにも顔色が悪かったせいで、本人とのちがいを見過ごしてしまったのだ。

あれが汐見の兄なら、このまま行かせるわけにはいかない。私は書斎から飛び出し、玄関でサンダルを突っかけると、とろいエレベーターには目もくれず、マンションの階段を一気に駆け下りた。外はすっかり寝静まった住宅地で、この時間帯には最寄りの駅前まで出ないとタクシーもつかまらない。汐見の兄ならそっちへ向かうだろうと予想して、勝手知ったる裏道を通り抜けると、表通りの手前のT字路で、男の背中に追いついた。

足音を聞きつけて、男が振り向いた。顔は汐見と見分けがつかない。小脇に抱えた本がちょうど手の届くところへ来て、ぶつかりそうになりながら、私は本をひったくった。汐見そっくりの男はバランスを失ってよろめいたが、どうにか体勢を立て直すと、私の腕をつかんで本を奪い返そうとする。こちらも応戦し、路上で揉み合いになった。

しつこく絡みつく相手の腕を振り払おうとして、本を持つ手の力がゆるみ、バサリと落ちる音がした。落ちた本は真ん中あたりのページが開いて、地面に伏せた状態になっている。二人とも即座に身を離し、左右から葡萄色の表紙に飛びついた。双方が半分ずつのページを両手で握りしめ、綱引きするみたいな格好でにらみ合う。

「汐見の兄さんだろう。あんたに本は渡さない」

「ちがうんだ。頼むから持っていかないでくれ」

息を切らしながら、汐見そっくりの男が言った。私もだいぶ息が上がっていた。相手が汐見だろうと兄だろうと、もう関係ない。無我夢中で本を引っぱると、ベリッと背のちぎれる音がして、私は反動で後ろによろけ、アスファルトに尻餅をついた。

男は真っ二つに裂けた本の片割れを手に、しばし呆然と立ちつくしていたが、

「知らないぞ。何があっても知らないぞ」

いきなりそう叫んで、駅の方へ走り去った。すぐに追いかけようとしたけれど、尻餅をつく前にひねったみたいで、力を入れると右の足首に痛みが走る。ようやく立ち上がった時には、逃げた男の姿は影も形もなかった。

痛む足をかばいながら、マンションに戻る。エレベーターで自室の階まで上がると、まず玄関の扉をしっかりロックしてから、半分に引き裂かれた『だまし舟』を抱えて、書斎に閉じこもった。灯りを消したまま、息を殺して耳を澄ましたが、インターホンが鳴ることはなかった。

ほっとすると、いっぺんに疲れが襲いかかった。『だまし舟』の破損状態を調べる気力すらなく、私は本をデスクの袖引き出しにしまって、寝室へ向かった。またたく間に眠りに落ちたが、得体の知れない夢を見ていた気がする。「長き夜の」の歌を記した紙で帆かけ舟を折ろうとしているのに、途中で手順をまちがえて、並んだ二艘の舟の右舷と左舷がシャム双生児みたいにくっついた形になってしまう。何度やり直しても、帆かけ舟の折り方を思い出せず、しわくちゃになった紙の前で途方に暮れている夢だった。

帰宅した妻と娘の声で目が覚めた時には、すっかり日が落ちていた。半日かそれ以上、昏々と眠り続けていたらしい。右の足首が腫れているから、昨夜の出来事もすべてが夢だったわけではなさそうだ。痛む足を引きずりながら、顔をしかめる私を見て、

「お父さん、なんか目つきが怖い」

と娘が言った。妻は旅行バッグの中身を整理しながら、

「どうせ明け方まで、悪趣味なホラービデオでも見てたんじゃないの？　何度も携帯にかけたのに、全然出てくれないんだから」

そう言われて、ずっとおやすみモードになっていたのを思い出した。書斎に放置していた携帯の履歴をチェックすると、妻のもの以外に、K出版の坂下《さかした》から大量の不在着信があった。坂下は小説誌の編集者で、公私ともに汐見と親しく、彼の本を何冊も出している。胸騒ぎを覚えながら、折り返し電話すると、

「大変です。汐見さんが亡くなりました」

坂下の声はパニック気味で、何度も聞き返さないと要領を得なかった。

「だから、汐見さんが亡くなったんですよ。けさ早く私鉄線の踏切内に立ち入って、電車に轢《ひ》かれたらしいんです。聞いた話だと、上半身と下半身が真っ二つになって、現場は目も当てられない状態だったとか。いや、Pホテルのカードキーを身につけていて、それですぐ遺体の身元がわかったそうです。どうも目撃者がいたみたいで、警察は自殺と見ているようですが、まだこっちでは確認が取れなくて……」

私はいつのまにか、書斎に座り込んでいた。心配して様子を見にきた妻に、

「しばらくひとりにしてくれ」

と言いつけると、立ち去りがたそうな顔をしながら、そっとドアを閉めて出ていった。デスクの袖引き出しから、半分だけの『だまし舟』を出して、残った表紙をめくってみる。扉に「だまし舟　乙野佳哉著」と刷ってあり、それが本の前半部分だとわかった。

さらにページをめくると、ゆうべ読んだのと同じような文章が並んでいたが、妙にうすっぺらで迫力がなかった。それが気になったし、汐見の死を頭から追い払いたくて、私はもう一度最初から、集中して読み直そうとした。だが、途中でいやになった。前に読んだ文章と似ているけれど、ひどく稚拙だったからだ。たしかに文体には覚えがある。なのに、どうしても思い出せない。

再読をあきらめて本を閉じ、引き裂かれた最後のページを上に向けた。ふと「二艘舟」という文字が目に入り、その前後に紙の舟が川の渦に呑まれて沈んでいく描写があるのに気がついた。急に息苦しくなって、目をつぶると、まぶたの裏で渦を巻くように文字が回っている。頭がくらくらして、気分が悪い。引き出しに本を戻したら、少しだけ呼吸が楽になった。

検視がすんだ汐見の遺体は、都内の施設で密葬に付された。表向きは事故死の扱いで、後日あらためてお別れの会を開くという。坂下に教えてもらった通夜の席に、私は半分だけになった『だまし舟』を持参した。高崎から駆けつけた汐見の兄が喪主を務めていたけれど、実際に対面すると、弟とはそれほど似ていない。どんなに顔色が悪くても、取りちがえたりはしないだろう。私は型通りのお悔やみを述べてから、おそるおそる葡萄色の表紙の本を差し出した。

「前の晩に汐見君と会って、この本を借りたんです。事情があって半分だけになってしまいましたが、お兄さんのものだと聞いたので、お返しします」

「いや、これは私の本ではありません。弟の習作ですよ」

「汐見君の？」

「ええ。デビュー前に書いて自費出版までしたのに、出来に不満があったのか、自分で焼いてしまったんです。私の家内が、弟の目を盗んで何冊か手元に残していたようですが。たぶんこの表紙も、家内が貼り直したものでしょう。あれは誰よりも早く、弟の才能を見抜いていたんだな。新人賞に応募するよう叱咤激励したのも、家内なんです」

「今日は、奥さんはいらっしゃらないんですか？」

頭の整理がつかぬまま、私がたずねると、汐見の兄は寂しそうにかぶりを振って、

「早くに先立たれましてね。名前の名に美しいと書いて名美《なみ》というんですが、前から病気がちだったうえに、やっと授かった子供を流産したのがひどくこたえたようで……。つい先日、十三回忌の法要をすませたばかりです。久しぶりに弟も里帰りして、法事の後、たまたまその本のことを話題にしたから、私の口ぶりでピンと来たのかもしれない。物置かどこかに隠してあったのを捜し出して、こっそり持って帰ったんでしょう」

私は絶句した。兄嫁が訪ねてきたというのも、全部作り話だったのか。汐見の兄は何かを察したような表情で、

「あなたに見ていただきたいものがあります」

と耳打ちすると、私を親族用の控え室に連れていった。芳香剤の匂いが染みついた座敷のテーブルの端に、葡萄色の本が置いてある。許しを得て、私はそれを手に取った。

表紙は無地の仮フランス装で、私が持参した本と同じく、半分に引き裂かれていた。

「弟が電車に轢かれた踏切に落ちていたものです。警察の話だと、現場は血まみれのひどいありさまだったようですが、この本だけは染みひとつない、きれいな状態だった……。どういう事情でこうなったか、無理に聞こうとは思いませんし、弟も今さら若書きの習作が世に出ることは望まないでしょう。あなたが持ってきてくれた本と一緒に、お棺の中に入れてやりたいのですが」

私は気もそぞろにうなずいて、本を裏返した。恐ろしいことが起こるという、汐見の警告が耳にこびりついていたけれど、後半にどんなことが書いてあるのか、確かめずにはいられない。明日には灰になるのだから、ちょっとぐらいのぞいても平気だろう。

むき出しになった後半の先頭ページに目を落とすと、「二艘舟」という文字に出くわした。前後の情景描写にも既視感がある。軽いめまいに襲われながら、本をひっくり返して表紙をめくると、古風な明朝体の黒い字で、

だまし舟　乙野佳哉著

と刷られた扉。次のページには、前に読んだ『だまし舟』の書き出しとそっくり同じ文章が並んでいた。

私は手の震えを抑えながら、自分が持ってきた本の天地をあべこべにして、踏切で見

つかった『だまし舟』と向かい合わせに重ねてみた。真っ二つに裂かれた葡萄色の背表紙は、破れ目の間にわずかなずれも隙間もなく、ぴったりくっついた。

細断されたあとがき◉8

この小説は本書のために書き下ろした。都筑道夫氏の「阿蘭陀すてれん」へのオマージュ作品で、原作は『阿蘭陀すてれん 都筑道夫恐怖短篇集成2』（ちくま文庫）に収録されている（初出は「野性時代」一九七六年五月号）。

「阿蘭陀すてれん」は「読めない本」を題材にしたホラー短編。だまし絵の巨匠M・C・エッシャーの『滝』が隠しモチーフになっており、耳慣れないタイトルはルーレットに似た江戸時代の玩具に由来するという。オマージュといえば聞こえはいいけれど、本編はほとんどその二番煎じで、宝船の絵に添えられる回文短歌は、無限ループする『滝』のイメージを変形したものである。

回文の趣向は、山川方夫氏の「なかきよの…」というショートショートから想を得た。こちらの初出は「宝石」一九六四年一月号で、『歪んだ窓（ふしぎ文学館）』（出版芸術社）に収められている。五年ほど前、『親しい友人たち 山川方夫ミステリ傑作選』（高崎俊夫編、創元推理文庫）の解説を頼まれた時に再読して、やっと作者の意図を理解した作品である。

ところで、音楽の世界では、ある曲のコード進行に別のメロディをつける手法を「コントラファクト（Contrafact）」というらしい。「だまし舟」に限らず、本書でやっているのはどれもコントラファクトの小説版ということになるだろう。

こういう小説の書き方を、私は都筑道夫氏の本から学んだ。たとえば『都筑道夫のミステリイ指南』（講談社文庫）には、同じアイデアから発展した三つの作品——「風見鶏」「夜の声」「電話の中の宇宙人」が並べてある。

最後に執筆された「風見鶏」は、恐怖小説ばかりを集めた『十七人目の死神』（角川文庫）にも収められているが、この本には一編ごとに「寸断されたあとがき」という自作の解題がついていて、作品に込めた意図や成立事情などが記されている。

試しに巻頭の「手を貸してくれたのはだれ？」に付された「寸断されたあとがき」の出だしを抜き書きしてみよう。

これまでに書いた短篇のなかから、恐怖小説ばかりを集めてみたが、クラシックな怪談もあれば、SFスタイルのものもある。いわゆる奇妙な味の作品もあるし、およそ恐怖小説らしくないものもあるだろう。そこで、本来は巻末にあるべきあとがきを、ばらばらにして一篇ごとに、解説ふうにつけることにした。

今さら言うまでもないことだが、この「細断されたあとがき」も『十七人目の死神』

に倣ったものである。先行作へのオマージュを込めたカバー連作集というコンセプトを思いついた時点で、都筑氏の「寸断されたあとがき」を踏襲することも決めていた。

私は単なる一ファンで弟子でも何でもないけれど、「阿蘭陀すてれん」もどきの短編を書き下ろしたのは、この本を通じて都筑氏への敬意と感謝を示したかったからだ。本書自体が都筑センセーへのオマージュにほかならないのである。

迷探偵誕生

1

「あのふくろうのことで、多岐川《たきがわ》さんに至急お話が」

東都タイムズの土屋《つちや》記者が電話してきたのは、被疑者逮捕から二日目の午後だった。先週末、世田谷の自邸で会社社長が殺された事件の犯人である。

異例のスピード解決に世間の耳目が集まっているが、多岐川深青《みさお》というフリーランスの探偵が謎を解いたことは、捜査本部と報道関係者の一部しか知らない。そのひとりが土屋めぐみで、多岐川は彼女から興味の尽きない取材対象と見なされている。夜討ち朝駆けというより、近頃は押しかけワトソンと呼んだ方が実情に近いのではないか。

「前にも言ったが、ぼくのことを記事にしたいというならお断りだ。警察のメンツをつぶすだけで、何の得にもならないからね」

多岐川が突っぱねると、向こうはもどかしそうな口ぶりで、

「そういう話ではなくて。とにかく今からそちらへうかがいます」

それだけ言って通話が切れた。

せっかちで押しが強いのは毎度のことながら、今日はどこか様子がおかしい。何らかの事情で、送検の手続きが滞っているのだろうか。警視庁の知り合いに電話して聞いてみる手もあったが、それはやめにした。解決済みの事件にいちいち口を出すのはポリシ

ーに反するし、彼の推理には一分の隙もありえないのだから。

犯人の大石三樹夫《おおいしみきお》は、殺された社長の義理の弟だった。スピード解決を誇るどころか、これまでに手がけた事件の中でも、扱いやすい謎だったと思う。犯行に使われたのは木彫りのふくろうの置物で、台座の部分に盗聴器が隠されていた。仕掛けたのは別の人間だったが、犯人はそれを利用して偽のアリバイをこしらえようとしたのである。

目先のトリックを過信した犯行が、致命的な失敗に終わるとも知らずに。


土屋記者はほどなくして、彼のオフィスへやってきた。

多岐川は東中野の古い貸しビルの一室に個人探偵事務所を構えている。職住一体の質素な暮らしを心がけ、来客を迎えるのも実用一点張りの殺風景な部屋だ。エアコンが古いので、今日みたいな日は、設定温度を目いっぱい下げても暑さに追いつかない。

「どこか涼しい場所に席を移そうか」

「いえ、ここでいいです」

土屋記者は棒立ちのまま応じた。夏ジャケットの上にたすき掛けした鞄のストラップが窮屈そうで、蒸し暑い中を急いできたわりに、血の気が引いた青い顔をしている。ひっつめ髪にしているせいか、普段より目つきが険しく見えた。ふと、眼の端で何かを捉えたみたいに視線が横すべりして、側面の壁に釘付けになる。

「――あの写真、最近貼り替えました？」

いきなり妙なことを言う。多岐川はそっちを見て、首を横に振った。

　味もそっけもないオフィスの壁に、眼光鋭いロシア人男性のポスターが飾ってある。壁のシミを隠すために貼ったものだが、顔だけで誰かわかる依頼人はめったにいない。ガルリ・カスパロフという名前を教えても、たいていの客は首をかしげる。

「チェスの世界チャンピオンですよ」

　と説明したところで、わかったようなわからないような顔にお愛想笑いを浮かべるのが関の山だ。それでもごくたまに、写真の意味を見逃さない奇特な人間もいる。

「〈深い青《ディープ・ブルー》〉――史上最強のチャンピオンを打ち負かしたＩＢＭのチェス・コンピュータの名前でしたっけ？　だとしたら多岐川さん、あなたは人類最高の知性を上回る名探偵だと自負されているようですね」

　そう冷やかしたのは、某事件の調査中に知り合ったばかりの土屋めぐみだった。オフレコの真相を聞かせるため、初めてこのオフィスに招いた日のことである。彼はニヤリとしただけで肯定も否定もしなかったが、それ以来、土屋記者の勘のよさに一目置いて、ワトソン気取りの密着取材も大目に見るようにしている。

　ただし彼女が見透かしたつもりでいることは、半分しか当たっていない。多岐川は〈ディープ・ブルー〉と自称したことはないし、オフィスの壁にカスパロフの写真を飾っている本当の理由を明かしても、誰も信じてくれないだろう。その名にまつわる秘密こそ、多岐川深青が絶対誤り《インファリブル》のない名探偵であることの根拠なのだが……。

　それと同じ写真を見ながら、今日の彼女はなぜかしきりに首をひねっている。多岐川が否定したのに、どうしてもしっくり来ないようで、まばたきを繰り返したり、見る角度を変えたりして、なかなかポスターの前から離れようとしない。

「何度見ても同じだよ。前と変わらないから」

「気のせいかしら。でもいつもとちがって、なんだか笑っているような」

　やはり様子がおかしい。多岐川はじれったくなって、強く出た。

「押しかけてきたのはそっちだろう。急ぎでないなら出直してくれ」

　土屋記者はやっとわれに返った。すみません、とつぶやいて鞄を下ろし、ゲストチェアに腰かける。事務椅子をきしませて、多岐川もデスクの定位置に落ち着いた。

「話というのは、大石三樹夫のことだろう。まだ犯行を認めていないのか？」

「完全否認のようですね。記者クラブでも、誤認逮捕を疑う声がちらほらと」

　驚くには当たらない。警察はもちろん、報道関係者にも多岐川の介入を嫌うアンチは少なくなかった。

「外野には勝手に言わせておけばいい。ぼくの推理に誤りがないことは、きみが一番よく知っているはずだ。大石が自供するのは時間の問題だよ」

「だといいんですけど、少し気になることが。凶器のふくろうについて、もう一度確認していいですか。多岐川さんの推理によれば、犯人は事前にふくろうの置物を持ち出して、現場を離れた。で、他所《よそ》でアリバイを確保しながら、証人の目を盗んでふくろうに打撃を加えたわけですよね。台座の盗聴器を壊して、送信をストップするために」

「それが午後十時四十分。受信機のレコーダーに録音された偽の犯行時刻だ」

合いの手を入れると、土屋記者は神妙な顔でうなずいて、

「その後、証人と別れた犯人は大急ぎで社長邸へ戻り、仕事部屋にこもっていた被害者をふくろうで殴って殺害。実際の凶行は十一時を過ぎていたはずですが、盗聴器が壊れているから、もう音声は残らない。盗聴が判明して、警察が受信機のレコーダーを押収・精査すれば、衝撃音とともに送信が途切れた十時四十分が犯行時刻と断定される。遺体の発見が翌朝だったので、死亡時刻のズレは見逃されたという見立てでしたね」

「そうだな。もちろん、盗聴器を仕込んだ風水コンサルタントの鴻池清香《こうのいけさやか》がリアルタイムで通報したら、時間差トリックは成立しない。そこは綱渡りだが、大石は盗聴者の正体に気づいていた。違法行為だから、何があってもスルーすると踏んでいたのさ」

犯行の急所を指摘して、多岐川は余裕たっぷりにあごをしゃくった。土屋記者は伏し目がちにため息をつくと、懸念を払拭しきれない表情で、

「通報の有無は別として、時間差トリックの実行には盗聴器が必須条件でしょう。だけど被疑者は一貫して、その存在を知らなかったと主張しているんです」

「それは嘘だ。知らなかったということはありえない」

多岐川はにべもなく言った。

「大石はふくろうの贈り主が鴻池清香だと承知していたし、島崎《しまざき》社長のプライベート情

報が筒抜けになっていることも知っていた。エンジニア出身の彼なら、盗聴器の隠し場所を突き止めるのもたやすい。一と一を足せば、盗聴者の正体は明らかだ」

「理屈の上ではそうですが、大石は絶対にちがうと。実際、彼の行動を洗っても、盗聴波の探知機や指向性アンテナを購入した形跡が見当たらないんです」

「市販品ではなく、自作機を使ったんだ。そんな知識があるのは大石に限られる。それだけじゃない。あらかじめ現場の仕事部屋から凶器のふくろうを持ち出す機会があり、なおかつ見かけの犯行時刻である十時四十分に確実なアリバイを持つ人物は大石三樹夫しかいなかった。これだけ条件がそろえば、彼以外の犯行ということはありえない」

多岐川がダメ押しすると、土屋記者は口をすぼめてかぶりを振った。子供がむずかるしぐさを思わせたが、おもむろによそ行きの取材口調に切り替えて、

「揚げ足を取るつもりはありません。でも、本当に犯人はあのふくろうの中に盗聴器があると知っていたんでしょうか？　それと気づかずに、たまたまあの置物を手に取って被害者に殴りかかった可能性を、あらためて検討すべきではないかと思って」

「くどいな。その可能性がないことは、はっきりと証明したじゃないか」

急に部屋の暑さが増したように感じながら、多岐川は語気を強めた。

「犯人の行動には不自然な点がある。きみも現場の様子を見ただろう。あのふくろうは、仕事部屋の吊り棚に飾られていたものだ。頭よりずっと高い位置にあるので、背伸びして両手を伸ばさないと届かない。しかも重さといい形といい、人を殴るには不向きな代

物だ。わざわざそんな品を選ばなくても、現場にはもっとふさわしい道具があったのだから、たまたま手に取ったとは考えられない。犯行は計画的で、犯人は最初からあのふくろうを使うつもりだったということだ。盗聴器の存在を知らなければ、別の手を使っただろう。アリバイ工作以外の目的で、吊り棚のふくろうに手を伸ばす理由はないんだから」

理路整然と疑いの芽を摘んだのに、聞き手の反応は薄かった。どこか具合でも悪いのか、ますます顔色が青みを帯びて、生気のない蠟面みたいになっている。多岐川を見つめるまなざしも、今まで目にしたことのない憂いと昏《くら》さに満ちていた。

「だからといって、絶対にほかの可能性がないと言い切れますか?」

冷たく刺すような問いに、多岐川は自分の顔が火照っているのを意識した。口の中がカラカラに乾いて、とっさに答えが出ない。

「あのふくろうは、風水コンサルタントの鴻池清香が被害者に贈ったものです。持ち主に幸運を招くアイテムと称して。だとしたら、犯人もそういう呪術的な効果を期待して、あえて実用に適さない凶器を手にしたとは考えられませんか?」

「――まさか」

背中が汗で濡れている。多岐川はやっと声を取り戻した。

「風水の見立て殺人だったというのか」

「ちがいます。それだと計画的犯行になってしまいますから。呪術的な効果といっても、もっとカジュアルな意味です。占いとか今日の運勢とか、そんな程度の」

「そんなのは迷信だ。合理性に欠ける」

口の動きと自分の喋り声が、半拍ぐらいずれている気がした。土屋記者は少しだけためらうそぶりを示したが、もう後がないと腹をくくったように、

「迷信でもそれを信じて、行動の指針にする人はいます。たまたま目にしたふくろうの置物が、とっさの犯行を後押ししたのかもしれません。そう思って念のため、在京のテレビ局各社に問い合わせてみました。先週末に放映された番組で、ふくろうに関する占い情報を取り上げたものはないかって。そうしたらありました。民放の人気朝ワイドが週末の星占いコーナーで、『水瓶座のラッキーアイテム・ふくろうグッズ』という情報を流していたんです。事件の関係者の中で、水瓶座の人物といえば……」

その先はもう聴き取れなかった。耳の奥がのぼせて、土屋めぐみの声が遠のいていく。オフィスにこもった熱が圧力を増し、体の内と外から気道をぐいぐい締めつけた。空気を求めて、彼の肺が悲鳴を上げる。ふいに誰かの視線を感じて、そっちへ顔を向けると、壁に貼ったチェスの世界チャンピオンの写真と目が合った。

カスパロフは笑っていた。その唇が告げる。

「チェックメイト」

そして、世界が一瞬で停止した。

2

目が覚めると、ベッドの中だった。

吐く息の音が犬のように荒い。じっとり寝汗をかいていた。

時刻は午前三時。都内の高級ホテルの一室で、五十前の男がひとりで寝るには広すぎる部屋をあてがわれている。暗がりの中で半身を起こし、呼吸のリズムを整えながら、多岐川はずっと忘れていたあの感覚がよみがえるのをあらためて意識した。

解決に失敗する夢を見るのは久しぶりだった。

最後に覚えているのはもう五、六年前か。それ以前はもっとひんぱんに、数えきれないほど見ていた。多岐川がまだ若く、売り出し中の探偵だった頃には、ほとんど毎晩のように繰り返された夢である。ひどい時は同じ夜に何度もうなされ、そのたびに飛び起きる。覚めたかと思えばそれもまた夢の中で、起きているのか眠っているのか、自分でも区別がつかないまま、朝を迎えるまで果てしない夢のドミノ倒しが続いたりもした。

失敗する夢といっても、いま見たこれと同じではない。数えきれないほど見た夢のそれぞれが全部ちがう夢だった。すべての場面を正確に記憶しているわけではないけれど、多岐川はそう信じていた。ただ、時や場所、出来事の細部が異なりこそすれ、見方を変えればすべて同じひとつの夢だったといってもかまわない。

絶対誤りのない名探偵であるはずの自分が、手がけた事件の解決に失敗する。結末はいつも同じで、一度たりとも例外はなかった。夢に見る事件はさまざまで、いずれも実際に多岐川が依頼を受け、周密精到に真相を明らかにしたものばかりだ。ところが、夢の中ではそうならない。自信満々で組み立てた推理が的はずれであると判明し、失敗を認めた瞬間にチェックメイトが宣告される。

どの夢もそこで断ち切られ、その先はない。

いま見た夢もそうだ。十五年——いや、もっと前の事件だった。夢の中の会話が呼び水になって、実際に起こった出来事を細部まで鮮明に思い出せる。

もちろん、多岐川深青は無実の人間を告発したことなどない。ふくろうの台座に盗聴器が仕掛けられていたことから、真っ先にアリバイ工作を疑ったのは事実だが、はじめに結論ありきの推理ほど危ういものはない。受信機のレコーダーに残された音声を聴き込んだ結果、時間差トリックが用いられた可能性は限りなく低いことがわかった。

実際の犯行時刻は十時四十分で正しく、ふくろうの置物が凶器に選ばれた理由も、盗聴器とは無関係だったと考えるしかない。現場の状況にはそぐわないように思われたが、多岐川は発想を転換して占いの可能性をひらめいた。そこで東都タイムズの土屋記者に頼んで、週末に放映されたテレビ番組のコンテンツを調べてもらい、「水瓶座のラッキーアイテム・ふくろうグッズ」という手がかりを得たのである。

関係者の生年月日を確認したところ、被害者の長女が水瓶座だとわかった。彼女は児童福祉学科の大学生で、父親を殺害する動機は見当たらなかったが、多岐川は慎重に父娘の調査を続け、やがて被害者が非合法の児童ポルノDVDをこっそり買い集めていたことを突き止めた。その事実をぶつけると、長女は事件の数日前に偶然DVDを見つけてしまったこと、犯行当夜、父親を問いただすため仕事部屋を訪ねたことを認めた。

ちょうどその時、被害者はヘッドホンをつけてDVDを再生していたという。激しい嫌悪感に駆られた長女は、とっさに吊り棚のふくろうの置物に手を伸ばし、背中を丸めて再生画面に見入っている父親の頭に何度も振り下ろした。衝動的な犯行だったが、ヘッドホンとDVDを片付け、凶器の指紋を拭き取るだけの冷静さは残っていたようだ。

その日の朝、テレビで週末の占い情報を見なかったか？　多岐川がたずねると、彼女はそれまで自覚していなかった手抜かりを思い知らされたような顔つきで、

「見ました。ふくろうグッズが幸運を呼ぶって。だから――」

そう言ったきり、両手で顔を覆って泣きくずれてしまった。

まぐれ当たりだったといえなくもない。事件が解決した後、しばらくは木彫りのふくろうの夢を見た。多岐川の推理と捜査の展開は少しずつちがっていたけれど、夢の結末はいつも同じだった。無実の容疑者を犯人と指名し、その誤りが決定的になった瞬間に、あの男がチェックメイトを告げる。

事務所のポスターに限らず、彼はどこにでも現れた。チェックメイト。声だけの時もあれば、ほかの誰かに化けていることもある。チェックメイト。鏡に映った自分の顔が、

ふと気づくとあの男の顔に変わっていたことも一度ならずあった。チェックメイト。カスパロフというのは仮の名で、あの男の正体は夢の世界の強欲な取り立て屋だ。

夢の中の多岐川は終わったはずの事件でひたすら失敗を繰り返し、現実の多岐川が新たな事件を解決すると、今度はその事件の解決をしくじる夢が続く。そのサイクルが果てしなく繰り返されるだけで、夢の中で正しい解決にたどり着いたことは一度もない。それだけ失敗を繰り返しているのに、夢の中の多岐川は自分が絶対誤りのない名探偵であるという確信を持ち続けていた。その点に関しては、現実の自分と変わらない。

夢の中で、つまり無意識に推理のシミュレーションをしていたかというと、それもちがう気がする。現在進行中の事件を夢に見たことは一度もないからだ。少なくとも多岐川自身にそうした記憶はなかった。失敗の夢を見るのは、決まってその事件を解決した後になってからだし、夢の内容にもシミュレーションだけでは予見できない、事後的な情報が含まれていた。夢や無意識の力を借りて事件を解決するのとは、順序があべこべなのだ。

むしろチェスや将棋の感想戦のようなものだろう。現実の世界で多岐川がひとつの事件を解決するたびに、誤った推論に導かれた可能性の分岐が夢の中に現れる。実現しなかった過去の可能性が、行き先を失って消滅するまでの儚《はかな》い残像――その数えきれない分かれ道の中で、現実の彼だけが迷うことなく、真実に至る道筋をたどってきたのだ。数多くの難事件を解決に導き、多岐川が絶対誤りのない名探偵という評価を確立していくにしたがって、そんな夢を見る頻度は徐々に減っていった。最初のうちは自分でも気づかなかったが、年齢と経験を重ねるにつれ、夢を見ずに朝を迎える日がしだいに増えた。同じ失敗の夢でも、初期に比べると不注意や思い込みによる判断ミスが格段に減り、より複雑で難易度の高い推論に小さなほころびが見つかったり、不利な状況でやむをえず打った手が裏目に出たりするケースが大半を占めるようになっていた。それだけ探偵としてのスキルが増したということなのかもしれない。それでも完全に解放されるまで、十五年以上にわたってずっとあの夢を見続けていたように思う。

「勝ったゲームより負けたゲームの方がずっと多くのことを学べる。すぐれた指し手になるには何百回も負けなければならない」

キューバ出身のチェスの元世界チャンピオン、ホセ・ラウル・カパブランカの言葉だ。二十世紀前半に活躍したプレーヤーで、実力はカスパロフ以上という声もある。

カパブランカの言う通りなら、多岐川深青はすぐれた指し手の条件を満たしている。現実というゲームでは一度も敗れたことがないけれど、夢の中でそれをはるかに上回る負け試合を経験していたからだ。何百回どころか、何千回、何万回も負けている。彼の推理が常に正しいのは、そこから多くを学んできたことの証しなのだ。

——だが、今はかえってあの頃が懐かしい。

多岐川は息を殺して、暗い部屋の隅にわだかまる形のない闇を見すえた。毎夜毎夜、悪夢にうなされながら、手ごわい謎に取り組んでいた時代が。

名探偵としての評判が高まるにつれ、多岐川の立場も昔とは大きく変わった。かつては険悪だった警察との関係もしだいに協力的なものになり、やがて公的なコンサルタントというお墨付きを得て、現場検証や捜査資料へのアクセスが認められるようになった。見返りに失ったものもある。信頼に足るパートナーとして、数多くの事件で行動を共にした土屋めぐみが連続殺人鬼〈ミネルヴァ〉の共犯者だと知った時は、さすがの彼も冷静ではいられなかった。彼女は多岐川の推理を真っ向から否定したが、逮捕から二日後、留置場で首を吊った。自殺の知らせを聞いても、勝利感とは無縁だった。

それからしばらくの間、彼女の夢を見続けたことはいうまでもない。

経済的に余裕が生まれ、有能なスタッフを集めて〈ディープ・ブルー探偵社〉を設立したのが七年前のこと。多岐川自身は〈ディープ・ブルー〉という呼称を掲げることに抵抗があったが、出資者とスタッフの意見に押し切られてウンと言わざるをえなかった。マスコミや司法関係者の間では、名探偵の通称として完全に定着していたからである。

失敗する夢を見なくなったのは、探偵社の経営が軌道に乗り始めた頃だろう。末期の夢は多岐川の推理そのものより、部下への采配ミスが取り返しのつかない失敗を招くケースが大半で、スタッフを動かすコツをつかんでからは、そんな夢に悩まされることもなくなった。もちろんその間も、実際に手がけた事件で解決に失敗した例はなかったが。

設立以来、業界トップの解決率を誇る〈ディープ・ブルー探偵社〉の業績は順調に伸びている。ところが、依頼件数が増えるのと反対に、多岐川自身が直接コミットする事件は減る一方だった。優秀な人材が育ったおかげで、彼がじきじきに出馬しなくても、ほとんどの依頼は処理できる。よほどの難事件か、興味を引く謎でなければ、絶対誤りのない名探偵の手を煩わせるには及ばないということだ。

　かといって、多岐川深青の頭脳に見合うほど手ごたえのある謎は、めったに舞い込んでこない。たまに面白そうな事件があっても、たいていは報告書に目を通しただけで先が見えてしまう。以前の自分だったら夢でうなされていたかもしれない推理の袋小路や落とし穴も、今なら即座にそのありかを察知して、適切に回避する術《すべ》が身についている。無数の負けゲームから学んだ経験と知恵が、第二の本能のように真相解明への最適ルートを見きわめてしまうのだった。

　五十歳を目前にして、多岐川は引退を考えるようになっていた。かつてはあれほどスリリングだった謎解きへの渇望が、ここ数年すっかり色褪せつつある。探偵という仕事に退屈を感じるようになったのも、失敗する夢を見なくなった頃からだ。しばらくは探偵社のマネジメントで気を紛らわせていたが、本当にやりたいことはそれではなかった。

　犯行現場を隅々まで調べ上げ、関係者に質問を繰り返す。そこから得た証言をほかの証拠と何度も突き合わせ、タイムテーブルを分秒刻みで組み立てては壊し、壊しては組み立て直し、物証と人証からなる動的マトリクスを念入りにチェックする。脳細胞を余すところなく酷使してあらゆる仮説を検討し、ありえない可能性をひとつひとつ消去して、その夥《おびただ》しい残骸から唯一無二の真相が浮かび上がってくる瞬間を待つ。

そのような陶酔はもはや過去の記憶の中にしかない。いつの頃からか、シャーロック・ホームズが退屈と怠惰で精神が朽ちていくのを防ぐため、コカインに逃避したエピソードに共感を覚えるようになっていた。もちろん、架空の人物の真似をして薬物に手を出すほど愚かではないけれど、ホームズを悩ませた倦怠感はよくわかる。あまりの退屈さから、つい出来心でホテル主催の疑似体験型謎解きイベントに参加したこともあるほどだ。

ホテルを舞台にしたミステリー劇の犯人を推理する一泊二日のイベントで、多岐川は身分を隠して個人参加した。だいぶ手加減したつもりだったが、今の彼にとっては赤子の手をひねるような謎でしかなく、並み居る強豪リピーターを押しのけてあっさり最優秀名探偵賞を獲得してしまった。主催者に正体を知られた時は、文字通り顔から火が出るような思いをしたものである。ところがそれがきっかけで、イベント運営会社から次回企画への協賛とシナリオの監修を持ちかけられ、引っ込みがつかなくなった多岐川は同業者に冷やかされるのも承知で、その提案を引き受けた。

表向きは〈ディープ・ブルー探偵社〉の宣伝、および優秀な解答者を調査員としてスカウトするという名目だったが、実際は完全に多岐川個人の道楽である。とはいえ畑ちがいの依頼を引き受けたのは、単なる気晴らしのためだけではなかった。謎解きイベントの出題者側に身を置けば、今までとはちがった視点から自分の仕事を見つめ直すことができるのではないか。そんな気持ちが微塵《みじん》もなかったと言えば嘘になる。

今夜このホテルに泊まっているのも、イベントのリハーサルに立ち会って、シナリオの最終調整を行うためだった。十二時過ぎまで打ち合わせに付き合った後、この部屋に引き揚げてベッドに入ったのである。

久しぶりにあんな夢を見たのは年甲斐もなく、不慣れな芝居の世界に首を突っ込んだせいかもしれない。だとしても、事前に抱いていた淡い期待はすでにしぼみかけていた。分刻みのタイムテーブルの調整でそれなりに頭は使ったが、謎をこしらえる側に回っても、かつてのような陶酔を覚えることはなかったからだ。

自作自演の謎にまったく興味がないことを、多岐川はあらためて痛感した。やはり自分は未知の謎を解くことでしか、生きている実感を得ることができない。だが、真相解明のための能力がリミットに達してしまったら、そこから先に何が残されているのか。

ギリシャ神話のミダス王は、触れるものすべてを黄金に変える力を手に入れた。しかし食べ物が硬くなり、水も酒も黄金の氷に固まるのを見て、それが破滅の元であることを悟り、そんな力を望んだことを激しく呪ったという。多岐川深青も同じだ。手がける事件のすべてを解決してしまう、絶対誤りのない名探偵。それがどんなに呪われた存在であるかということを、彼は身をもって知りつつあった。

「――ステイルメイト」

どこからかそう告げる声が聞こえた。

聞きなれた声だったが、今は夢でないとわかっている。暗い部屋の隅、壁に寄せたソファのあたりにぼんやりした気配が認められた。

「さっきからそこにいたのは知っている。虫の知らせというやつだ」

多岐川が答えると、ソファの気配が濃くなってひとつの影にまとまった。影はゆっくりと片腕を伸ばし、フロアスタンドのスイッチをひねった。

ぼうっと明るくなった中に、男の顔が浮かび上がった。

「ずいぶん老けましたね」

と向こうが言った。多岐川は自嘲的な笑みを浮かべて、

「もう二十年たっている。だけど、あんたは全然変わらないな」

「当然でしょう。われわれは人間とは異なる世界に属していますから」

とカスパロフという名の悪魔が言った。

3

ステイルメイトとは手詰まりによる引き分けのことだ。

ほかに動かす駒がなく、チェック（王手）されていないキングがどこにも動けない状態をいう。まるで今の自分のように。形勢不利な局面を引き分けに持ち込んで、負けを回避するのは立派な戦略のひとつだが、こちらからそう仕向けた覚えはなかった。

カスパロフと契約を交わしてから、もう二十年たっている。会ったのはその日が二度目で、最初に遭遇したのは多岐川が損害保険調査の仕事をしていた頃だった。

もともと多岐川は推理小説マニアで、一浪して受かった大学時代も内外のミステリーや犯罪ノンフィクションばかり読んでいた。漠然とした名探偵への憧れを抱いていたが、とうてい現実味はないし、警察官や弁護士になりたいわけでもなかった。就職先を選んだ決め手は、ロイズ保険組合の調査員が活躍する漫画を読んでいたせいである。保険調査員という肩書きは、彼の抱いていた名探偵のイメージに一番近いものだった。

とある損害保険調査会社の求人に応募すると、採用の返事が来た。志望動機は別として、自分で思っていたより職業適性があったらしい。そこで五年ぐらい働いて、調査業務のノウハウをみっちり仕込まれた。交通事故の保険調査が主だったが、詐欺や偽装といったモラルリスクと呼ばれる不正請求の手口はもちろん、信じがたい偶然や錯誤が事故原因になったり、自殺や心中が疑われる事故死者の生前調査など、「事実は小説より奇なり」を地で行くようなケースを腐るほど目にしたものである。

カスパロフと知り合ったのは、ソ連崩壊後に日本へ移住したロシア人が起こした事故を調査している時だった。事故の当事者が会話に不安を覚えたため、彼が通訳として同席したのだ。東欧系らしい彫りの深い顔だちを除いて、年齢も素性もはっきりしない人物だったが、完璧な日本語を操って聞き取り調査をスムーズに取り仕切った。

この通訳、ただ者ではなさそうだ。二時間に満たないやりとりの間、多岐川はずっとカスパロフという男のことが気になって仕方がなかった。なぜかはわからないけれど、向こうもそう思っていたようである。

「またどこかで、お目にかかることがあるかもしれませんね」

と意味ありげな台詞《せりふ》を残して、カスパロフは去っていった。

それから数か月後、多岐川は過労とストレスから体調を崩し、二週間の入院生活を強いられた。ただでさえきつい仕事だというのに、自分の能力を過信して処理しきれないほど調査事案を抱え込み、無理に無理を重ねたせいである。世話になった上司から長期休暇を取ってゆっくり養生してこいと勧められたが、多岐川は思いきって辞表を出すことを選んだ。今にして思えば、一種の燃え尽き症候群だったのかもしれない。

半年かそこらブラブラしている間、ミステリー小説を書こうとしたこともある。実体験を元にすればネタには困らないはずだったが、執筆に取りかかったとたん、文才がないのを思い知らされた。いや、問題は文才の有無ではなくて、自作自演の謎をもっともらしく組み立てる作業にまったく興味が湧かないことだった。

そんな時、学生時代の友人からホテル主催の謎解きイベントに誘われた。お堅い公務員だったが、イベント経験者で、多岐川のミステリー好きをよく知っていた。仕事を辞めてブラブラしているのを見過ごせなかったのだろう。気晴らしになるならと友人の誘いに乗って、一緒に謎解きイベントに参加することにした。

忘れもしない、一九九六年の夏のことである。会場はここと は別の有名ホテルだった。

その種のイベントは初めてで、最初はほとんど友人まかせだったが、徐々に推理の勘を取り戻し、後半は完全に自分のペースで謎解きに没頭していた。翌朝提出した答案の内容は今でもよく覚えている。解決には自信があったのに、最後の引っかけ問題にしてやられ、あと一歩のところで正解を逃してしまったからだ。

それだけ悔しかったということだろう。絵空事の推理ゲームに、いつの間にか本気になっていた。調査員時代にも何度かミスをしたことはあるけれど、それとは比べものにならない無念さで、胸がざわつくのを抑えられなかったのだ。

「――謎解きは惜しかったですね、多岐川さん」

表彰式の会場を出たところで、ふいに声をかけられた。心を読まれたような気がして振り向くと、スーツ姿の外国人男性が微笑んでいた。彫りの深い顔だちに見覚えがある。一年ほど前に会ったロシア語通訳の名前を思い出すのに、時間はかからなかった。

「あれが実力です。カスパロフさんでしたね」

「ええ。名前を覚えておられたとは光栄です」

「こちらこそ。今まで見かけませんでしたが、あなたもこのイベントに？」

「いや、別の用事でここに泊まっています。こうして再会したのも何かの縁でしょう。少しお時間をいただけませんか」

何か予感めいたものが働いたのかもしれない。多岐川は友人に断りを入れて、カスパロフに付き合うことにした。

ラウンジでコーヒーを飲みながらしばらく雑談していると、急に強い睡魔に襲われた。前の晩、ほとんど眠らないで謎解きに知恵を絞っていたせいだろう。多岐川がしきりに舟をこぐのを見て、カスパロフは自分の部屋でしばらく仮眠を取っていけばと促した。普段ならそんな誘いは断るのだが、その日はまだ何かやり残したことがあるような焦燥感に取りつかれ、得体の知れないロシア人の厚意を受け入れてしまった。

目が覚めると、ベッドの中だった。

すっかり夜になっていた。カスパロフの部屋で昏々と眠り続けていたらしい。

多岐川はベッドからすべり出て、着衣と手荷物をチェックした。昼間と同じ状態で、睡眠中に身体検査されたり、金品を盗まれたりはしていないようだ。もちろん性的行為を強要された跡もない。寝ぐせのついた髪をなでつけ、スイートリビングへ移動した。

ルームサービスを頼んだのだろう。ダイニングテーブルに二人分の食事とワインが用意されていた。卓上には燭台が並べられ、本物のロウソクの火が灯っている。揺らめく炎の向こうに、ブラックタイで正装したカスパロフが座っていた。

「こんな遅くまで寝ているなんて、みっともない真似をしました。大事なお客をお待ちなんでしょう。ぼくは早々に退散します」

平謝りに謝って立ち去ろうとすると、カスパロフは首を横に振って、

「その必要はありません。これはあなたのために用意したものですから」

多岐川はごくりと唾を呑んだ。頭の中で危険信号が点滅したが、度しがたい好奇心がそれを上回っている。調査員時代にも経験したことのない、未知のスリルを感じた。

手前の席に腰を下ろすと、カスパロフは満足げにうなずいた。格式張らないしぐさで、血のように赤いワインを双方のグラスに注ぐ。

「お互いの夢のために」

カスパロフが言い、多岐川もそれにならって乾杯した。一口飲んだとたん、頭の中の危険信号がかき消えるのがわかった。ロウソクの炎の揺れに合わせるようにグラスのワインをくるくる回しながら、カスパロフが親身になって問いかける。

「多岐川さんの話を聞かせてくれませんか。初対面の時から、あなたの身の上に興味があったのです。どうして調査員の仕事を始めたのか？　あれほど有能だったのに、なぜ辞めてしまったのか？　そして、今のあなたは何を望んでいるのか？」

そこで何を食べたのか、味も匂いも歯触りもほとんど記憶にない。食事マナーもそっちのけで、自分語りに熱中していたからだ。グラスの空く間もないほどワインを注ぎ足されたが、酔いつぶれるどころか、むしろ頭の中がすっきりして、舌の動きもいっそう滑らかになっていた。カスパロフは抜け目のない聞き手で、知らず知らずのうちに、普段はなかなか言葉にできない自分の本心を洗いざらいぶちまけてしまったようである。

「なるほど。とても興味深いお話でした」

カスパロフは一呼吸おくと、舌なめずりするみたいに唇を動かして、

「では、最後にもうひとつ聞かせてください。もしひとつだけ願いがかなうとしたら、今のあなたは何を望みますか？」

「名探偵になることかな。推理小説に出てくるような、神のごとき名探偵に」

　思わずそう答えてから、多岐川は焦った。酔いと関係なしに顔が紅潮するのがわかる。もう三十近いのに、子供じみた空想を本気で口に出してしまったせいだ。

「神のごとき、ですか」

　カスパロフはにやっとした。多岐川がますます赤面すると、すぐにかぶりを振って、

「言い換えれば、*infallible*——絶対誤りのない名探偵ということですね。よろしい。もしあなたが望むなら、その願いをかなえてあげられるかもしれません」

　相手が何を言っているのか、理解できなかった。答えあぐねていると、カスパロフがおもむろに席を立ち、テーブルをめぐってこちらへやってくる。ガイドヘルパーのように多岐川の肘を取り、部屋の一角にある大きな姿見の前へ連れていった。

「ごらんなさい。あなたの未来が見えるはずです」

　鏡の中に映っていたのは、謎解きイベントの推理劇にそっくりな何かだった。ただし、事件を解決するのは劇団の役者ではなく、リアルな名探偵の多岐川深青。〈ディープ・ブルー〉の名にふさわしい完璧な推理を繰り広げ、狡猾なトリックを仕組んだ真犯人の正体を暴く未来の自分の姿が、圧縮されたイメージの奔流となって脳内を駆けめぐる。多岐川はめまいに襲われ、足がふらつきそうになった。

「これは……何だ？　何か変なものを飲ませたのか？」

「ご心配なく。ちょっとした予告編のようなものです。自分で歩けますね」

まだ震えの止まらない多岐川の肩に手をあてがい、元の席へ戻るよう促した。振り返るとロウソクの火はそのままだが、テーブルの上がきれいに片付けられている。さっきまで座っていた席の前に、革製の書類バインダーらしきものが置いてあった。

「どうぞおかけになって」

言われるまま腰を下ろすと、脇に寄り添ったカスパロフがバインダーを開いた。横文字で記された書類がはさんであったが、ラテン語か何かのようでまったく読めない。

「これは？」

「契約書です。あなたの血でここにサインしてください。それだけで絶対誤りのない名探偵になることができる。われらが主〈明けの明星〉の名にかけて、約束しましょう」

耳を疑ったのは一瞬で、徐々に笑いがこみ上げてきた。多岐川はひとしきり声を出して笑ってから、真顔になってカスパロフにあごをしゃくった。

「悪魔との契約だとでも？　新手のドッキリなら、もう潮時ですよ」

「ドッキリではありません。申し上げた通りです」

カスパロフも真顔で答えた。

その声を合図に、ロウソクの炎がいっせいに輝きを増した。話し相手の背後の壁に、禍々《まがまが》しい形をした濃い影を鮮やかに浮かび上がらせる。

ほんの一瞬だったが、カスパロフの正体を知るにはそれで十分だった。多岐川は無言で目を閉じ、ゆっくり深呼吸してから、ふたたび目を開けた。

「――名探偵にしてくれるのと引き替えに、魂を渡せと？」

「いい質問ですね。ご理解の早さに敬服します」

カスパロフはにこやかに応じると、セールスマンじみた口調に切り替えて、

「もちろん、今すぐにとは申しません。そう、あなたがまちがった推理をして、事件の解決に失敗したら、その時点で魂をいただくという取り決めはどうでしょう」

相手の言葉に矛盾を感じて、多岐川は目をすがめた。

「その条件はおかしいな。本当に絶対誤りのない名探偵になれるなら、まちがった推理をして、事件の解決に失敗することなどありえない」

「ええ。ですから、あなたにとってけっして損のない取引だと思いますよ」

ますます怪しいことを言う。

返事をためらっていると、カスパロフは多岐川の左腕をつかんで、シャツの袖をたくし上げた。マジシャンみたいに空中から注射器をつまみ出して、肘裏のくぼみに針を刺す。慣れているのだろう、血を採られている間もほとんど痛みを感じなかった。

「もうひとつ聞きたいことがある。どうしてぼくに目をつけた？」

「あなたの名前が気に入りましてね」

多岐川の血をスポイト式の万年筆に注入しながら、カスパロフは涼しい顔で、

「深い青、英語なら〈ディープ・ブルー〉です。それにあやかって、私もカスパロフと名乗ることにしました。今年の二月、ＩＢＭが開発したチェス・コンピュータが、世界チャンピオンのガルリ・カスパロフと対戦したのをご存じですか？」

　多岐川はうなずいた。それなら雑誌の記事で読んだ覚えがある。

「カスパロフは三勝一敗二引き分けで〈ディープ・ブルー〉の挑戦を退けた。たぶんあんたは、ずっと前からその結果を知っていたんだろう。世界チャンピオンの名前を借りた悪魔の誘惑に、ぼくが太刀打ちできないということも」

「ですが〈ディープ・ブルー〉はかなり善戦しましたよ」

　万年筆のキャップをはずして、多岐川に渡す。軸の太い年代物だった。

「次に対戦する時は、もっと強くなっているでしょう。そう遠くない将来、正確無比なチェス機械が人類最高の知性を打ち負かすのを見られるはずです。あなたもそういう存在になってみたいと思いませんか？」

　万年筆を握ってしばらく考えるふりをしていたが、すでに迷いはなかった。

　自分の血で契約書にサインすると、カスパロフは満足そうに微笑んで、

「これで契約完了です。多岐川深青は絶対誤りのない名探偵になった。それが嘘でないことは、じきにわかるでしょう。そのために、まずこの人に会いなさい」

　手渡されたメモには、政財界に顔が利く有力者の連絡先が記されていた。

「あなたのことは伝えてあります。きっと力を貸してくれるはずだ。〈明けの明星〉の

名にかけて約束します——名探偵にふさわしい事件があなたを待っていることを」

彼の言葉に嘘はなかった。

翌年五月〈ディープ・ブルー〉はガルリ・カスパロフに再挑戦し、二勝一敗三引き分けで世界チャンピオンに勝利した。東中野で開業した多岐川深青の探偵事務所に、初めて殺人事件の調査依頼が舞い込んだのも同じ月のことである。

4

「——二十年ぶりに現れたということは、ついに年貢の納め時か」

多岐川はガウンを羽織って、カスパロフの向かいの席に腰を下ろした。悪魔は二十年前に見たのと同じ、ブラックタイの正装に身を包んでいる。

「あんたのおかげで充実した人生を送ることができた。だから魂を奪われても文句は言えない。わからないのは、なぜ今かということだ。このところ、引退を考えるようになったのは事実だが、まちがった推理をして事件の解決に失敗したわけではない。それともまだ気づいていないだけで、私はもう死んでいるのか？」

「いいえ、あなたはちゃんと生きていますよ」

カスパロフは昔と変わらない、慇懃《いんぎん》な口調で言った。

「あなたの魂を奪いにきたのでもありません。だからこそ、最初にステイルメイトと申し上げました。ひとことで言えば、契約解除を申し込みにきたわけで」

「契約解除？」

思いがけない返事に、多岐川はうろたえた。

「どういうことだ？　そんな話は聞いたことがない」

「事情を説明するのはたいへん厄介なのですが……。やむをえないので、そもそもの前提からお話ししましょう。量子力学の多世界解釈というのをご存じですか」

煙に巻こうとしているのか、カスパロフはいきなり妙なことを言い出した。多岐川は眉に唾をつけながら、

「シュレーディンガーの猫か。ロシアンルーレットみたいな毒ガス発生装置と猫を一緒に密閉した箱の中に入れておくと、蓋を開けた瞬間、観測者ごと世界が枝分かれして、猫が生きている世界と猫の死んだ世界が別々に存在し続けるというおとぎ話だろう」

「それがおとぎ話でないとしたら？」

馬鹿なことを——と言いかけて、多岐川は絶句した。悪魔との契約にサインして絶対誤りのない名探偵になった男が、おとぎ話のことをどうこう言えるわけがない。

「もし多世界解釈が正しいとすれば、確実に大金持ちになれるギャンブル必勝法がありますす。〈量子ロシアンルーレット〉と呼んでおきましょうか。シュレーディンガーの猫のように密閉された箱の中で、それぞれの目の出る確率が正確に六分の一に調整されたサイコロを転がします。あなたは箱の外にいて、蓋を開けてサイコロを見る前にどの目

が出たか予想する。予想が当たったら、一億円の賞金がもらえるとしましょう」

「一億とはずいぶん気前がいいな。それで？」

「その時あなたは、内側に銃口のついたヘルメットをかぶる。銃口はこめかみに密着しています。蓋を開ける瞬間に、あなたが予想した以外の目が出ている場合は、箱の中の検出器からヘルメットに信号が送られ、瞬時に弾丸が発射されてあなたは即死します。一方、あなたが正しい目を予想した場合には、信号は送られず、あなたは無事に賞金を手にすることになる。このヘルメットをかぶってギャンブルに挑めば、あなたは必ず勝ち続けることができるはずです」

「そんなはずはない。どんな目を予想しても、六分の五の確率ではずれるのだから」

多岐川が異を唱えると、カスパロフは首を横に振って、

「それは客観的に見た場合で、主観的に見ればあなたは絶対に負けません。なぜなら箱の中でサイコロの目が決まった瞬間、世界は六通りに分岐しますが、あなたの意識はそれぞれの目に対応する並行世界のすべてに同時存在して、それぞれの脳の状態も完全に同じだからです。それらのあなたの意識のうち、サイコロの目が予想と異なる並行世界では、蓋を開けた瞬間に弾丸が発射され、苦痛を感じる暇もなく脳が破壊される。あなたの意識も瞬時に消滅し、そうするとあなたの意識が占める場は、あなたの脳が生きている並行世界へと収縮していくでしょう。残された並行世界とは、あなたの予想が当たっていた世界にほかならない。予想のはずれた世界のあなたは、その結果を知る間際に

意識ごと消滅してしまうので、負けを意識すること自体不可能です。生きているあなたが意識できるのは、勝った場合だけなのですから、主観的に負けることはありません。そしてこのギャンブルは、何度繰り返しても同じです。あなたはただひたすら勝ち続けるのみで、けっして負けることがない」

カスパロフの説明は回りくどいうえに、ややこしかった。にもかかわらず、多岐川は直感的にその意味を理解することができた。

「つまりそれは、私が夢の中で経験したことの裏返しということだな。この私が絶対誤りのない名探偵であり続けるのと引き替えに、あんたは数えきれないほど枝分かれした並行世界で、予想をはずした私の不運な分身たちの魂を刈り取っていった」

「お察しの通りです」

カスパロフは冷たく言い放つと、肩をすくめるしぐさをはさんで続けた。

「われわれの業界にも、規制緩和というものがありましてね。無数に存在する並行世界から契約者の魂を回収するというメソッドは、長いあいだ認められていませんでした。そうした取引が可能になったのはごく最近、あなたがたの西暦に換算すると一九八九年――人類の知的レベルが、多世界取引を許容できる段階に達したということです」

「何でもかんでも規制緩和といえば、許されると思っているのか！」

多岐川はカッとなって、カスパロフに詰め寄った。

「契約書にサインした時、あんたはひとことも並行世界について触れなかった。絶対誤りのない名探偵というのもまやかしで、実際は数えきれないほどの私の不運な分身たちが、失敗という屈辱をなめさせられていたんだ。完全に詐欺じゃないか」

「あなたの気持ちもわかりますが、そのクレームはフェアじゃない。まちがった推理をして事件の解決に失敗したら、その時点で魂をいただくという取り決めは、事前にきちんと告知したはずです。それに魂を回収するタイミングは、常にあなたの分身たちが失敗を認める直前でした。彼らはその時点で、主観的にはまだ推理の誤りを認めていなかった。したがって、絶対誤りのない名探偵という存在理由を否定されたわけではありません。あなたが見た夢は正解を知った時点から、事後的に彼らの失敗を追認したものにすぎない。そこには決定的なちがいがありますよ」

「そんなのは詭弁だ」

「私はそうは思いませんが。そもそも、私はあなたとの約束を何ひとつ破ってはいませんよ。だってそうでしょう。私はあなたを絶対誤りのない名探偵にすると約束した。今のあなたはそれ以外の何者でもない存在では？」

　やり場のない怒りを抱えながら、多岐川は答えに窮した。夜ごと繰り返された無数の悪夢の記憶が、圧縮されたイメージの奔流となって脳内を駆けめぐる。数えきれないほど夢で見た、自分の分身たちへの罪の意識に押しつぶされそうになっていた。

　サバイバーズ・ギルト。災害や事故から奇跡的に生還した人間が、犠牲者たちに対して自分だけ生き残ったことをやましく思う気持ちと同じだった。

「――魂を奪われて、彼らはどうなった？　すぐ死んだのか」

「いや、聞かない方が身のためでしょう。言っても理解できないと思いますが」

「それで私が納得すると思うのか。どれだけの魂を食らったんだ。一億か？　一兆か？　荒稼ぎして、さぞかし満足だろう。あげくの果てに、契約解除とは！　よくそんな図々しいことが言えるものだ」

「荒稼ぎなんてとんでもない。誤解のないように言っておきますが、われわれの絶大な力をもってしても、すべての並行世界に介入できるわけではないんです。そもそもあなたが契約書にサインしなかった世界だって、同じくらい無数に存在する。しかもひとりの人間の魂は、あらゆる並行世界を通じて一定の量を超えることはありません。ですから、私が回収したあなたの魂も、一世界あたりの量で言えば微々たるものです。年単位で計算しても、せいぜい五パーセントかそこらでしょう。ただしあらゆる並行世界にまたがる魂の総量は、契約者が死に絶えない限り、一定のペースで回復します。長期ローンの利息をいただいているようなもので、この二十年の間にあなたが手に入れたものと比べれば、十分に元の取れる取引だったと言えるのではありませんか」

あまりにも馬鹿げた言いぐさに、抗議する気も失せた。多岐川は嘆息して、

「――そんなに上等な取引なら、なぜ今になって契約を解除する？」

「人間の魂というのは、まだまだ解明しきれない部分がありましてね」

カスパロフは妙に真面目くさった口調で言った。

「当初われわれが採用した多世界解釈では、無数に分岐した並行世界はそれぞれが完全に独立した状態にあって、お互いに干渉することはないとされていました。ところが、厄介なことにそうした定説を覆すものがありましてね。それが人間の魂だったのです」

「どういうことだ？」

「先ほど申し上げた通り、あなたがた人間の魂は、あらゆる並行世界を通じて一定の量を保っています。言い換えれば、魂という媒質が無数に分岐した並行世界どうしを何らかの方法で結びつけていることになる。ちょうど光を伝えるエーテルのように」

「エーテルの存在は実験で否定されたはずだが」

多岐川が揚げ足を取ると、カスパロフはプライドを傷つけられたように、

「もちろんそうですが、われわれは魂の実在を疑ったことはありません。そのうえで人間の脳と意識、それに魂の関係について長年研究を続けてきたのです。肉体の檻に閉じ込められた人間の魂が、無数に分岐した並行世界どうしを行き来できるのは、脳細胞の神経シナプス間でミクロな伝達物質が量子的なふるまいをしているせいではないか。だとすれば無意識、あるいは夢の世界を通じて情報がにじみ出し、並行世界での経験が再現されてもおかしくありません。あなたが数えきれないほど、失敗する夢を見続けてきたように」

「そうかもしれない」

多岐川はふいに懐かしい気分になって、

「負けたゲームの夢を見ることで、私はすぐれた指し手になった。私の分身たちが魂を失うのと引き替えに、より多くを学ぶことができたんだ」

「それが計算ちがいの元でした。さっきの〈量子ロシアンルーレット〉のたとえなら、何度ギャンブルを繰り返しても、正しい目を予想する確率は変わりません。サイコロの目はそのつど一回限りの独立事象ですから。ところが、あなたの推理能力はそれとはちがっていた。あなたの脳は魂の量子的な情報伝達作用によって、数えきれないほどの負けゲームを経験し、その膨大なデータを蓄積しています。一種のディープラーニングのような現象が、あなたの脳の中で生じていたのでしょう。その結果、あなたの推理能力は常人をはるかに超えるレベルに到達し、文字通りの意味で絶対誤りのない名探偵になってしまった」

「文字通りの意味というと？」

「契約を結んだどの並行世界でも、あなたが失敗しなくなったということです。統計的なリスクがゼロになったと言ってもいい。いや、厳密にはゼロではないですが、ごくごくわずかな数字にすぎません。あまりにもその確率が低いので、夢となって現れるほどの状態量もないのです。逆にわれわれの立場からすると、回収できる魂の量、つまり契約から生じる利息が年々減っていって、今ではほとんどゼロに等しくなってしまった。それだけならまだしも、無数に分岐した並行世界に介入し、契約条件に沿った形で維持管理し続けるには、それ相応のランニングコストがかかります。なぜ今になって契約を解除するのか、その理由はもうおわかりでしょう。ついに損益分岐点を越えてしまったからです」

「そうか。だからステイルメイトなのか」

手詰まりで身動きできなくなったのは、多岐川ではなく、カスパロフの方だった。〈ディープ・ブルー〉はそれと知らずに、二十年来の宿敵を追いつめていたのだ。

「その通り、なかなかいい試合だったでしょう。お互いに損のない取引だったと思いませんか。われわれは二十年分の利息と貴重なデータを得られ、あなたは本物の名探偵になれた。すでに申し上げた通り、契約を解除してもあなたが手に入れた能力は失われません。私がお膳立てしなくても、今まで通りにやっていけるでしょう」

「今まで通り、か」

と多岐川はつぶやいた。カスパロフはいぶかしそうな顔をして、

「何かご不満でも?」

「――いや」

「では、契約解除に同意されたということで」

カスパロフは見覚えのある書類バインダーを開いて、古い契約書をこちらへよこした。やはり見覚えのあるラテン語の文章の下に、多岐川のサインが記されている。二十年の歳月が夢でなかった証しに、血の色はすっかり黒ずんでいた。

だが、まだあきらめきれない夢がある。多岐川は心を決めた。

カスパロフから手渡されたライターは髑髏《どくろ》の形をしていた。多岐川はためらいなく点火レバーを押し、剣のように伸びた炎に契約書をかざした。紙きれは一瞬で燃え上がり、わずかな灰も残さずにあっけなく燃えつきてしまった。

「長い付き合いでしたが、これでお別れです。もう二度とお目にかかることもないでしょう。では、これで失礼いたします」

「待ってくれ」

多岐川は悪魔の背中に呼びかけた。不思議そうな顔で、カスパロフが振り返る。

「手続きは終了しましたが、まだ何か？」

「ひとつ聞きたいことがある。もう一度あんたと契約を結ぶことはできるか」

カスパロフは驚きを隠せない表情で多岐川を見つめながら、

「もう一度？　それは契約の内容にもよりますが――」

「なら今すぐ検討してくれないか。今度の願いはこうだ。私は迷探偵になりたい。絶対に正しい解決にたどり着けない迷探偵に」

「絶対に正しい解決にたどり着けない？　迷う方の迷探偵ですか」

「そうだ。その願いをかなえてくれるかわりに、私が誤りのない推理をして事件を正しく解決してしまったら、そのつど私の魂を差し上げよう」

「――前の取り決めを逆にするということですか。いや、その条件には乗れませんね。

あなたはいくらでも八百長ができるわけですから」

「わかっていないようだな。八百長などするものか。契約を解除しても、私が手に入れた能力は失われないと言っただろう。それなら今まで通り、絶対誤りのない名探偵として最善を尽くすのみだ。この二十年で身につけた知恵と経験を総動員して、新たな謎に取り組むと約束しよう」

「理解に苦しみます。なぜそんな理不尽な願いを？」

「手がける事件のすべてを解決してしまう、絶対誤りのない名探偵。それがどんなに呪われた存在であるかということを、二十年かけて思い知らされたからだ。私は未知の謎を解くことでしか、生きている実感を得ることができない。だが、自分の推理が必ず的中するとあらかじめ決まっていたら、どんな謎も色褪せてしまう。それより私は自分が失敗する未来がほしい。絶対誤りのない名探偵の推理をこっぱみじんに打ち砕く、悪魔のような真相に巡り合いたい。この退屈から逃れるためには、あんたの力が必要なんだ」

「わかっていないのはあなたのようですね」

カスパロフは眉を寄せながら、冷水を浴びせるような声で、

「それだと、あなたにとって不利な結果になる確率が一気にはね上がる。あなたの分身たちは正しい解決にたどり着くたびに、また無数の魂を失ってしまうんですよ」

「かまわない。むしろこれから失われる魂は、今まで数えきれないほど失敗した私の分

身たちへの償いになるだろう。並行世界のからくりを知った今なら、これから見る夢にも耐えられる。たとえ魂を奪われるとしても、彼らは真相を引き当てたのだから。どんな形であれ、最後の事件を白星で飾れるということだ」

「だとしても、社長のあなたが失敗を続ければ〈ディープ・ブルー探偵社〉の評判はガタ落ちになる。手塩にかけたスタッフに、迷惑をかけることになりませんか」

「それなら大丈夫。私の推理がはずれても、きっと部下たちがその誤りを正してくれるだろう。彼らは優秀だよ。ほかならぬこの私が育てたのだから」

「なるほど。あなたがそれでいいと言うなら、こちらにとっても損のない取引になると思いますが……。ちょっと失礼」

カスパロフは関数電卓みたいなものを取り出すと、多岐川に背を向けてしばらく見積もり計算に没頭した。やがて抜け目のない顔つきでこちらへ向き直り、

「悪くないですね。ではさっそく、その条件で新しい契約書を作りましょう。二度目ですから、手順はわかっていると思いますが」

多岐川はうなずいた。二十年前と同じように左腕をまくると、カスパロフが注射針を刺す。久しく忘れていた感情がよみがえり、胸の高鳴りを抑えられない。それと気づいたようにカスパロフが目を細め、採取した血を例の万年筆に注入した。

「これが新しい契約書です。けっして後悔はしませんね」

「もちろんだ。今度のゲームはもっと高度な読みとかけひきが必要だぞ、カスパロフ。

二十年前の謎解きイベントみたいな引っかけ問題は、今の私には通用しないからな。どれほど奇想天外でアクロバティックな真相を見せてくれるか、楽しみにしているよ」

悪魔は不敵な笑みを浮かべてうなずいた。

「では、契約書にサインを」

受け取った万年筆で自分の名前を書く。

――多岐川深青。

そして、史上最強の迷探偵が誕生した。

細断されたあとがき ◉ 9

女性ミステリー作家によるアンソロジー集団、アミの会（仮）編の『惑―まどう―』（新潮社、二〇一七年七月刊→実業之日本社文庫）に、男性ゲスト枠（もうひとりは今野敏氏）として発表した作品である。同時刊行の『迷―まよう―』（新潮社）と並べると「迷惑」になる、という凝った趣向のアンソロジーだった。

「迷探偵誕生」というタイトルだから、『迷―まよう―』に収録されるだろうと思っていたら、逆だったので少し意外だった。とはいえ、本編は「悪魔との契約」ものなので、誘惑の「惑」の方がふさわしいかもしれない。

テーマにさえ沿っていれば、どんな小説でもOKですよと言われたので、前から温めていたアイデアを心おきなく書かせてもらった。荒唐無稽なストーリーだが、一口に言うと「名探偵の失敗」を搦め手から描いたSFミステリということになるだろうか。

「絶対誤りのない名探偵」のからくりと「負けるが勝ち」の結末は、ジョージ・R・R・マーティンのチェス小説「成立しないヴァリエーション」（中村融編訳『洋梨形の男』／河出書房新社収録）にインスパイアされたもの。十年前、インターカレッジの団体チェス対抗戦で、臆病風に吹かれて勝ち試合を落としたと誹謗された男が、フラッシュバックと呼ばれる時間旅行をくり返し、かつてのチームメイトに復讐を遂げようとする物語である。チェスに関する私の知識は完全に付け焼き刃で、マーティンの原作にはまったく及ばないのだが、そこは大目に見ていただきたい。

〈量子ロシアンルーレット〉については、三浦俊彦『思考実験リアルゲーム　知的勝ち残りのために』（二見書房）の「第8章　量子不死・量子自殺」の記述を参照した。『ノックス・マシン』（角川文庫）、『怪盗グリフィン対ラトウィッジ機関』（講談社文庫）と続いたSF路線にこれで一区切りつけた形だが、本編のモチーフは近作の「負けた馬がみな貰う」（『宮内悠介リクエスト！　博奕のアンソロジー』／光文社収録→光文社文庫）にも引き継がれている。興味をお持ちの方は、ぜひそちらも手に取ってほしい。

というわけで、私のあとがきもここまでだ。ずいぶん締まりのない終わり方だが、いちばん言いたいことは「だまし舟」の後に書いてしまった。言いそびれたことがあるとすれば、あらずもがなの注釈に辛抱強く付き合ってくれた読者の皆さんに、あらためてお礼を申し上げることだろう。

最後までお読みいただき、ありがとうございました。

解説

佐《さ》々《さ》木《き》敦《あつし》（思考家）

いったい、このような本に、どんな解説を書けばいいというのだろうか？

いきなり弱音を吐いてしまったが、本書は明らかに解説者泣かせの代物である。法月綸太郎と私は同年生まれ、デビュー作『密閉教室』以来ずっとリアルタイムで読んできた作家の文庫解説の初依頼とあって喜び勇んで引き受けたはいいが、私は今、少しばかり後悔（？）している。

その理由は本書をすでに読み終えた方、いや一編でも読んだ方ならおわかりだろう。いずれも先行作品への「オマージュ」として書かれた全九編が収められたこのコンセプチュアルな連作短編集には一作ごとに「細断されたあとがき」が付されており（単行本化の際に加筆されたものである）、そこでは法月氏自ら各編のオマージュの捧《ささ》げ先や執筆の経緯、作品ごとの狙いなどについて述べている。「あとがき」と言いつつ実質的には自己解説と呼んでいい内容であり、つまり普通は解説担当者がする仕事をあらかじめ作者がやってしまっているのである。

「あとがき」は本文庫にもそのまま収録されている。となると私はなるべくそれとはダブらないことを書く必要があるし、読者に蛇足と誹《そし》られることのないよう、法月氏の「あとがき」を多少とも補完したりアップデートしなくてはならない。これはなかなかの難儀である。私に務まるのかどうかいささか心許ないが、ともかく始めてみることにしよう。

「赤い部屋異聞」

オマージュとはリスペクトの表明だが、意識的／無意識的に、しばしば対象作品への「批評」にもなりうる。本書の収録作全てに言えることだが、表題作に選ばれたこの作品はとりわけそうだ。元ネタの短編「赤い部屋」は江戸川乱歩《えどがわらんぽ》が「プロバビリティーの犯罪」（初出「犯罪学雑誌」昭和二十九年二月号／『探偵小説の「謎」』所収）で披露したアイデアを自ら実践してみせた作品だが、読み比べてみればわかるように、本作はかなりの部分まで「赤い部屋」の内容と記述を踏襲している。本書収録作の「オマージュ」の仕方はさまざまだが、本作はいわゆる「本歌取り」に近い。だが後半になると「プロバビリティーの犯罪」というトリック自体を転倒するような展開が待っている。「蓋然《がいぜん》性の犯罪」は本格ミステリの共有財として多くの作品に応用されているが、乱歩が示したのは単なる確率論（だけ）ではなく、実際にはむしろ「被害者への「誘導」」（法月）、人間の心理的なバイアスを利用した「操り」である。法月氏のオマージュ＝批評も、この点にフォーカスしている。原作のプロットをトレースしつつも同じ行為や出来事の物語上の意味作用を鮮やかに上書きしてみせる手際は見事である。特に部屋の電灯が点けられる——原作と同じだがまったく異なる——幕切れには思わず唸《うな》った。

「砂時計の伝言」

オマージュ先であるコーネル・ウールリッチ（＝ウィリアム・アイリッシュ）の短編「一滴の血」の「有罪の決め手となる物証のアイデア」（法月）は、同作以前にも以後にも数々の応用例があるが、本作もシンプルで切れ味鋭いニュー・ヴァージョンを披瀝《ひれき》している。だがそれ以上にユニークなのは語り口の方だろう。榊林銘《さかきばやしめい》の「十五秒」は「十五秒後に死ぬ」という共通する設定を全く異なる作品に仕立て上げた三編を加えて『あと十五秒で死ぬ』（二〇二一年）として単行本化されているので一読を奨める。個人的にはラストで主人公が生き返らないこと（生き返らせる作家もいるだろう）に法月氏の「作者」としての死生観と倫理性を感じる。

「続・夢判断」

ジョン・コリアの非常に有名な短編「夢判断」に卓抜な捻《ひね》りを加えている。コリア作はラストの一言の衝撃に全編が収斂《しゅうれん》するが、法月氏は敢えてリドル・ストーリー的な曖《あい》昧《まい》さを残すことで複雑な余韻を加味している。「あとがき」に書かれている「やりすぎ」は採用しなくてよかったと思う。それにしてもこの設定は極めて魅力的であり、いろんな作家による「本歌取り」を読んでみたくなる。法月氏自身にも「続・続・夢判断」をいつか書いてもらいたい（無理な注文ですが）。

「対位法」

親本の単行本を初読の際、いきなり自分の名前が出てきて大層驚かされた。簡単に説明しておくと、私はかつて『あなたは今、この文章を読んでいる。』という長編評論で「作者」が何らかの仕方で「書くこと」を前景化する——それは「私は今、この文章を書いている。」という文に還元される——「メタフィクション」に対して「読者」による能動的な関与すなわち「読むこと」を作品の中枢に置く「パラフィクション」なる新ジャンル（？）を提唱し、その一例としてフリオ・コルタサルの「続いている公園」を分析した。コルタサルは作中世界の「外部」、つまり「それを読んでいる状況」を仮構することによって戦慄《せんりつ》的な結末を導き出していたが、法月氏はもう一度世界を「内部」に封じ込めることによって斬新な解を提示している。「続・夢判断」もそうだがヴァージョン・アップなど到底不可能に思われる完成度が異常に高い作品に挑戦してみせる法月氏の勇気には畏《おそ》れ入る。自分の話で恐縮だが、私も以前「続いている公園」への「オマージュ」で（も）ある短い話を書いてみたことがある（「実話の怪談　第一話　読んでいるもの」／早稲田文学二〇二一年秋号）。タイトルの元ネタとして言及されている「フーガ」のエリック・マコーマックは「あとがき」で挙げられた三冊の後、長編『雲』の邦訳が二〇一九年末に刊行されている。

「まよい猫」

落語の「元犬」を出発点にしつつ、いかにも法月氏らしい「入れ替《かえ》わり」のアイデアを導入した好作。ある意味、取ってつけたようなオチっぽいオチが却って小気味良い。

本作が書かれるきっかけとなったリレーミステリ企画『9の扉』で法月氏がバトンを渡した、二〇一三年に四十九歳の若さで早逝した異能の作家、殊能将之《しゅのうまさゆき》の「キラキラコウモリ」は同書でしか読むことが出来ない。

「葬式がえり」

本作の背景について「あとがき」に付け加えられることは特にない。最初にも触れたように法月氏と私は同じ年の生まれなのだが、われわれ世代（一九六〇年代生まれ）の小説愛好者にとって「奇想天外」という今は亡き雑誌の存在は特別な意味を持っている。SFとミステリと更にはジャンル分け不能の「変」な小説を同誌には沢山教えられた。ラフカディオ・ハーン＝小泉八雲《こいずみやくも》にかんすることで言えば、円城塔《えんじょうとう》が『怪談』の「直訳」による全訳本を二〇二二年に刊行している。

「最後の一撃」

数ある法月氏の著作の中でも最大の「奇書」と言うべき、全編が「読者への挑戦」をめぐる長短のテクスト群から成る『挑戦者たち』より。ネタバレになるので伏せておくが、同書の該当箇所に当たってみるとニヤリとさせられるだろう。

「だまし舟」

本書唯一の書き下ろし。「読めない本」という魅力的なアイデアは、のちに森見登美彦《もりみとみひこ》が長編『熱帯』（二〇一八年）で全面展開している。山川方夫《やまかわまさお》は近年再評価が著しく、最近も日下三蔵《くさかさんぞう》編によるショートショート集成『箱の中のあなた』『長くて短い一年』の二冊がちくま文庫より刊行されている（「なかきよの…」は後者に収録）。「あとがき」では、本書のコンセプトや趣向、そして「細断されたあとがき」という趣向自体が都筑道夫《つづきみちお》へのオマージュ（あちらは「寸断」）であることが明かされる。『十七人目の死神』は現在絶版だが古書なら比較的容易に入手出来るだろう。『都筑道夫のミステリイ指南』も紙の本は絶版だが電子書籍で読める。小説家予備軍は必読の一冊である。都筑のデビュー長編『やぶにらみの時計』（二〇二一年に徳間文庫より復刊、解説は法月氏が執筆している）をもじった『しらみつぶしの時計』という短編集もある法月氏の都筑道夫へのリスペクトが溢《あふ》れ出る秀作。

「迷探偵誕生」

法月氏には『ノックス・マシン』に始まる一連の複雑系SFミステリの作品群があり、本作もその系譜に属する。奇想と逆説が綺麗《きれい》に嵌《はま》った作品だが、最初の「赤い部屋異聞」とは別の角度から、やはり確率論的なアイデアが核になっている点に注目したい。「名」探偵から「迷」探偵へという回路は、あの「後期クイーン的問題」を思い出させもする。本格ミステリ、新本格ミステリの歴史は「名探偵」という背理、「合理的で唯一の解決」というアポリアとの闘争の歴史だが、この作品にも長年闘いを継続してきた法月綸太郎の「哲学」が端的に表れていると思う。

以上九編、いずれも凝りに凝った「オマージュ」作揃《ぞろ》いだが、それぞれの元ネタの先行作を読んでいなくても問題はない。「細断されたあとがき」とささやかな本解説をガイドとして、本書の読後にめくるめく物語の旅に赴いていただければ幸いである。

本書は、二〇一九年十二月に小社より
刊行された単行本を文庫化したものです。

赤《あか》い部《へ》屋《や》異《い》聞《ぶん》

法《のり》月《づき》綸《りん》太《た》郎《ろう》

令和５年　５月25日　初版発行

発行者●山下直久

発行●株式会社KADOKAWA
〒102-8177　東京都千代田区富士見2-13-3
電話　0570-002-301（ナビダイヤル）

角川文庫 23654

印刷所●株式会社暁印刷
製本所●本間製本株式会社

表紙画●和田三造

◎本書の無断複製（コピー、スキャン、デジタル化等）並びに無断複製物の譲渡および配信は、著作権法上での例外を除き禁じられています。また、本書を代行業者等の第三者に依頼して複製する行為は、たとえ個人や家庭内での利用であっても一切認められておりません。
◎定価はカバーに表示してあります。

●お問い合わせ
https://www.kadokawa.co.jp/（「お問い合わせ」へお進みください）
※内容によっては、お答えできない場合があります。
※サポートは日本国内のみとさせていただきます。
※Japanese text only

©Rintaro Norizuki 2019, 2023　Printed in Japan
ISBN 978-4-04-113321-7　C0193

◇◇◇

角川文庫発刊に際して

角川源義

第二次世界大戦の敗北は、軍事力の敗北であった以上に、私たちの若い文化力の敗退であった。私たちの文化が戦争に対して如何に無力であり、単なるあだ花に過ぎなかったかを、私たちは身を以て体験し痛感した。西洋近代文化の摂取にとって、明治以後八十年の歳月は決して短かすぎたとは言えない。にもかかわらず、近代文化の伝統を確立し、自由な批判と柔軟な良識に富む文化層として自らを形成することに私たちは失敗して来た。そしてこれは、各層への文化の普及滲透を任務とする出版人の責任でもあった。

一九四五年以来、私たちは再び振出しに戻り、第一歩から踏み出すことを余儀なくされた。これは大きな不幸ではあるが、反面、これまでの混沌・未熟・歪曲の中にあった我が国の文化に秩序と確たる基礎を齎らすためには絶好の機会でもある。角川書店は、このような祖国の文化的危機にあたり、微力をも顧みず再建の礎石たるべき抱負と決意とをもって出発したが、ここに創立以来の念願を果すべく角川文庫を発刊する。これまで刊行されたあらゆる全集叢書文庫類の長所と短所とを検討し、古今東西の不朽の典籍を、良心的編集のもとに、廉価に、そして書架にふさわしい美本として、多くのひとびとに提供しようとする。しかし私たちは徒らに百科全書的な知識のジレッタントを作ることを目的とせず、あくまで祖国の文化に秩序と再建への道を示し、この文庫を角川書店の栄ある事業として、今後永久に継続発展せしめ、学芸と教養との殿堂として大成せんことを期したい。多くの読書子の愛情ある忠言と支持とによって、この希望と抱負とを完遂せしめられんことを願う。

一九四九年五月三日

角川文庫ベストセラー

ノックス・マシン　法月綸太郎

パズル崩壊　WHODUNIT SURVIVAL 1992-95　法月綸太郎

霧越邸殺人事件〈完全改訂版〉(上)(下)　綾辻行人

怪しい店　有栖川有栖

Dの殺人事件、まことに恐ろしきは　歌野晶午

上海大学のユアンは、国家科学技術局から召喚の連絡を受けた。「ノックスの十戒」をテーマにした彼の論文で確認したいことがあるというのだ。科学技術局に出向くと、そこで予想外の提案を持ちかけられる。

女の上半身と男の下半身が合体した遺体が発見された。残りの体と密室トリックの謎に迫る（「重ねて二つ」）。現金強奪事件を起こした犯人が陥った盲点とは？（「懐中電灯」）全8編を収めた珠玉の短編集。

信州の山中に建つ謎の洋館「霧越邸」。訪れた劇団「暗色天幕」の一行を迎える怪しい住人たち。邸内で発生する不可思議な現象の数々…。閉ざされた〝吹雪の山荘〟でやがて、美しき連続殺人劇の幕が上がる！

誰にも言えない悩みをただ聴いてくれる不思議なお店〈みみや〉。その女性店主が殺された。臨床犯罪学者・火村英生と推理作家・有栖川有栖が謎に挑む表題作「怪しい店」ほか、お店が舞台の本格ミステリ作品集。

カメラマンの私は、道玄坂で出会った生意気な少年とダイニングバーで話をしていた。しかし、バーから見える薬局の様子がおかしくて――。（表題作）。江戸川乱歩の世界が、驚愕のトリックと新たな技術で蘇る！

角川文庫ベストセラー

D坂の殺人事件　江戸川乱歩

名探偵・明智小五郎が初登場した記念すべき表題作を始め、推理・探偵小説から選りすぐって収録。自らも数々の推理小説を書き、多くの推理作家の才をも発掘してきた大乱歩の傑作の数々をご堪能あれ。

ユージニア　恩田　陸

あの夏、白い百日紅の記憶。死の使いは、静かに街を滅ぼした。旧家で起きた、大量毒殺事件。未解決となったあの事件、真相はいったいどこにあったのだろうか。数々の証言で浮かび上がる、犯人の像は——。

フォア・フォーズの素数　竹本健治

『涙香迷宮』の主役牧場智久の名作「チェス殺人事件」やトリック芸者の『メニエル氏病』など珠玉の13篇。『匣の中の失楽』から『涙香迷宮』まで40年。ついに復刊される珠玉の短篇集！

友達以上探偵未満　麻耶雄嵩

忍者と芭蕉の故郷、三重県伊賀市の高校に通う伊賀ももと上野あおは、地元の謎解きイヴェントで殺人事件に巻き込まれる。探偵志望の2人は、ももの直感力とあおの論理力を生かし事件を推理していくが⁉

9の扉　北村　薫、法月綸太郎、殊能将之、鳥飼否宇、麻耶雄嵩、竹本健治、貫井徳郎、歌野晶午、辻村深月

執筆者が次のお題とともに、バトンを渡す相手をリクエスト。9人の個性と想像力から生まれた、驚きの化学反応の結果とは⁉　凄腕ミステリ作家たちがつなぐ心躍るリレー小説をご堪能あれ！